수상한 형제복지원과 비밀결사대

수상한 형제복지원과 비밀결사대
청소년 성장소설 십대들의 힐링캠프, 인권(형제복지원)

[십대들의 힐링캠프®] 시리즈 **NO.34**

지은이 ㅣ 김영권
발행인 ㅣ 김경아

2021년 7월 10일 1판 1쇄 인쇄
2021년 7월 17일 1판 1쇄 발행

이 책을 만든 사람들
책임 기획 ㅣ 김경아
기획 ㅣ 김효정
북 디자인 ㅣ KHJ북디자인
표지 삽화 ㅣ 정지란
교정 교열 ㅣ 김윤지
경영 지원 ㅣ 홍종남

이 책을 함께 만든 사람들
종이 ㅣ 제이피씨 정동수 · 정충엽
제작 및 인쇄 ㅣ 천일문화사 유재상

청소년 기획위원
정가인, 양태훈, 양재욱

펴낸곳 ㅣ 행복한나무
출판등록 ㅣ 2007년 3월 7일. 제 2007-5호
주소 ㅣ 경기도 남양주시 도농로 34, 부영e그린타운 301동 301호(다산동)
전화 ㅣ 02) 322-3856 팩스 ㅣ 02) 322-3857
홈페이지 ㅣ www.ihappytree.com
도서 문의(출판사 e-mail) ㅣ e21chope@daum.net
내용 문의(지은이 e-mail) ㅣ nammunsan@naver.com
※ 이 책을 읽다가 궁금한 점이 있을 때는 지은이 e-mail을 이용해 주세요.

ⓒ 김영권, 2021
ISBN 979-11-88758-35-7
"행복한나무" 도서번호 : 136

수상한 형제복지원과 비밀결사대

김영권 지음

행복한 나무

차례

마음속에 피우는 꽃 한 송이

여러분 안녕~ 다시 만나게 되어 반가워!

난 선감학원을 탈출한 후 이리저리 떠돌다가 형제복지원으로 잡혀 갔어. 과연 인간의 운명은 정해진 것일까? 대체 인생이란 무엇일까?

나는 나름 새롭게 살아 보려고 이름도 '청운'으로 바꾸었어. 신기한 세상도 구경해 보고 싶어 외항선원이 되려고 부산으로 갔지. 그러다 붙잡혀 '형제복지원'으로 끌려간 거야.

간판만 복지원이지 실상은 지옥보다 더 잔혹한 곳. 그 형제복지원에는 십대 소년, 소녀가 많이 잡혀 와 있었어. 그중 옥이라는 소녀는 잊을 수가 없어. 아마 죽을 때까지 잊지 못할 거야. 신은 사람에게 단 하나의 아름답고 순수한 첫사랑을 준다고 하더라만…… 그것마저 악마 같은 자들의 마수에 갈가리 찢기고 말았어.

요즘처럼 밝다면 밝은 시대에 굳이 직접 겪은 참혹한 이야기를 할 필요가 있을까 싶기도 해. 하지만 지금도 여전히 볕이 들지 않는 응달은 있고, 그 그늘 속에서 핼쑥하게 말라 가는 사람도 많지. 밝음이 있으면 어둠도 둥우리를 트는 건지…… 꼭 형제복지원만이 아니라 우리 사회 여기저기, 지금도 사람을 짐승처럼 취급하고 괴롭히는 암흑 지대가 있는 것 같아. 학교, 군대, 직장 등에서 말이지. 형제복지원이나 선감학원 같은 강제수용소는 우리 사회의 상징이라는 이야기도 있더군.

푸릇푸릇 자라나야 할 청소년 시절에는 꿈도 희망도 절망도 좌절감도 다른 세대보다 훨씬 많지. 그래도 우리는 아직 완성되지 않았기에 벽을 넘어 나아가야 해. 그러다 보면 작은 성취감과 성장하는 기쁨도 맛볼 수 있으리라 믿어.

신이 아니라 인간이 만들어 놓은 그 지옥 속에서 우리들이 결성한 '단풍 비밀결사대'는 하나의 꿈이며 소망이라고 해야겠지. 우리들이 펼친 활약이 비록 홍길동이나 일지매처럼 눈부시고 멋지지는 않더라도, 작은 소망의 씨앗이 되어 마음속에 한 송이 아름다운 꽃으로 피어나길…….

그럼 안녕!

1부

구경 나간 죄밖에 없었다

용두산 공원에서 내려다보는 부산 시내 정경은 퍽 평화로워 보였다. 한국 제2의 대도시답게 수많은 고층 건물이 하늘을 찌를 듯 늘어섰고, 아스팔트 도로에는 차들이 바삐 돌아다녔지만 소음이나 매연은 아득히 멀게만 느껴졌다. 삶의 온갖 희비애락도 여기서 바라보면 그저 꿈만 같은데, 실제로 내려가 보면 전혀 다를 터였다.

가을바람이 꽤 쌀쌀하기는 해도 청명한 하늘에서 내려 비치는 햇빛 덕분에 아직은 기분이 상쾌했다. 잿빛 깃털 옷을 걸친 비둘기들이 구구거리며 사람들이 던져 주는 먹이를 받아 먹고 있었다. 녀석들은 아무런 근심 걱정 없는 표정으로 걷기도 하고 날기도 했다. 발은 분홍색 장화를 신은 것 같았다. 그중 한 놈은 어디가 아픈지 꾀죄죄한 꼴로 구석에 웅크려 있었다.

청운은 한동안 연민 어린 눈길로 지켜보았다. 땅바닥에 떨어진 팝콘 몇 알을 주워 다가가자 비둘기는 힘겹게 날개를 파닥여 일어서더니 깡충깡충 도망쳤다. 발 한쪽이 잘려서 절뚝거리더니 몇 걸음 못 가 주저앉아 버렸다. 날개 한쪽도 다쳤는지 축 늘어진 상태였다.

청운은 고개를 가로젓고는 히죽 웃으며 걸음을 옮겼다. 비둘기만큼은 아니어도 그 자신 또한 한쪽 다리를 살짝 절름거렸다. 겉으로는 크게 표가 나지 않았는데, 어쩌면 의지력으로 애써 그러는지도 몰랐다. 그때 마침 검은 교복을 입은 여학생들이 재잘대며 비둘기 떼 쪽으로 왔기 때문이다. 얼핏 본 그녀들의 모습은 무척 쾌활해 보였다.

청운은 식물원이 있는 방향으로 천천히 걸었다. 낙엽이 떨어져 날리며 어깨를 스쳐 어딘가로 굴러가곤 했다. 서글픈 울음소리인 양 가냘프게 바스락거리면서……. 그는 한쪽 무릎을 굽혀 떨어진 낙엽을 주었다.

"가볍군, 정말 가벼워. 내 삶은 너무 무거운데……."

그는 주운 낙엽을 허공으로 날리고는 일어나 식물원을 지나쳐 동물원 쪽으로 걸었다.

"꽃은 아름답고 향기롭지. 그렇게 될 때까지 자신의 추악한 면을 버리고 극복하기 위해 얼마나 애썼을까!"

독백과 함께 한숨을 살포시 내쉬었다.

"나도 과거를 떨쳐 버리고 나름 열심히 살아 보려고 애썼는데 생각처럼 쉽지 않았지. 변명 같지만……. 사실 선감도에서 탈출해 나왔을 때는 마치 구름 위에 올라탄 손오공마냥 황홀했지. 워낙 지옥 같았던 곳이라 이 세상은 천국 같았달까. 도망자 신세라 순간순간 두려움이 엄습했지만 꿈이 있었기에 견딜만 했었어. 아, 하지만 현실은 결코 호락호락하지 않더군. 범죄자 아닌 범죄자가 설 곳은 이 땅 위에 별로 없었지. 도시의 거리를 승냥이처럼 헤매다가 또 이상한 곳에 끌려갔어. 자의 반 타의 반이랄까. 그곳은 청소년들만 모아 훈련시킨 후 북파공작원으로 부려 먹었지. 정보부 모집책이 우리들에게 약속했던 돈은 한 푼도 받지 못한 채 다쳐서 다리만 이 꼴로……."

청운은 절룩절룩 걸어 동물원 철창 속 너구리, 오소리, 여우, 공작새, 앵무새, 원숭이 따위를 바라보았다. 털이 빠진 흉한 몰골로 제 깜냥껏 재주를 부리는 놈을 구경하던 그는 눈살을 살짝 찡그렸다.

"마치 내 꼴을 흉내 내서 팬터마임을 하는 것 같네. 아아, 과연 저 녀석의 꿈은 뭘까? 대체 꿈이 있기는 할까? …… 동물원은 왜 만들어 놓았을까? 세상에는 너구리, 여우, 공작새, 앵무새, 원숭이 같은 인간들이 많으니 잘 보고 반성하라는 뜻인지. 흐흣……."

바로 옆의 진보라색 휘장이 쳐진 곳에는 알림판이 서 있었다.

> **주의! 심장이 약한 분은 절대 사절!**
> 이곳은 희귀하고 기형적인 생물들이 있는
> 특별 관람 구역입니다.
> | 입장료 1,000원 |

청운은 호기심이 일었다. 주머니에 손을 넣어 딱지 모양으로 접은 천 원짜리 지폐를 꺼내 들고는 잠시 망설이더니, 문지기가 담뱃불을 붙이느라 잠깐 한눈파는 사이 재빨리 장막 안으로 들어갔다(그 당시 천 원이면 짜장면 두 그릇을 사 먹을 수 있었다).

어두컴컴한 장막 안에는 30촉짜리 작은 알전구들이 알록달록한 빛을 뿌리고 있었다. 두꺼운 유리 칸막이 너머로 머리 둘 달린 도마뱀, 다리가 여섯 개인 검정 강아지, 외계인을 닮은 난장이(머리를 빡빡 밀고 너무 굶어서 피골이 상접한 탓에 그렇게 보이는지도 몰랐다), 눈알이 세 개인 독수리, 인어처럼 생긴 물고기의 박제 따위가 보였다. 알코올이 담긴 투명 유리병 속에도 구역질을 불러일으킬 듯한 괴상야릇한 물체들이 담겨 있었다.

"가만 생각해 보면 선감학원이나 북파공작원 훈련소에 갇혀 있었던 동료들도 왠지 세상 사람들에게는 저런 꼴로 비치지 않았을까 싶어. 나만의 자격지심일까?"

그는 중얼거리고 나서 고개를 흔들었다.

그때 굵직한 손이 어깨를 움켜잡았다. 청운은 고개를 돌렸다. 문지기가 애꾸눈으로 험상궂게 노려보았다.

"이봐, 젊은 친구. 표 좀 보자고."

"없는데요."

"흠, 뻔뻔스럽구먼. 우선 이리 좀 와 보라고."

청운은 곱게 따라 나갔다. 매표소 앞에 가자 사내는 으르렁거렸다.

"그렇게 슬쩍 기어 들어가면 내 눈을 무시하는 짓이야! 너 상습범이지, 응?"

"한 번 보았는데도 정나미가 떨어지는데 왜 또 오겠어요? 부산에 온 것 자체가 생전 처음이에요."

"어쨌든 도둑 입장하면 벌금이 세 배야! 그러니 어서 삼천 원 내놓고 꺼져!"

"정말 우습게 구시네. 기분 같아서는 내가 오히려 삼만 원을 받고 싶네요."

"뭔 개소리야?"

"남의 마음을 더럽혔으니 세탁비를 달란 말이에요."

"이 자식이 미쳤나, 응? 한 대 맞고 싶어 환장했군!"

"욕하지 말고 그냥 한 대 때려 주세요."

"원 참, 뭐 이런 놈이 다 있어."

"내가 저 검은 장막 속의 괴물들처럼 느껴져서 그래요. 유리병을 깨트리듯이 탁 한 대 쳐 주세요. 그럼 좀 숨통이 트이려나. 아니, 마음껏 원하는 대로 때려도 좋아요. 쳇, 이미 많이 맞았으니까 말이에요."

"어린 놈이 고따위로 세상 굴러먹은 티를 내면 안 돼. 인생이 불쌍해 보여 봐 줄 테니 어서 꺼져!"

"불쌍하다고요? 난 아저씨가 더 가엾어 보이는데요."

청운은 딱지 모양으로 접은 천 원짜리를 휙 던져 주고는 발길을 돌렸다.

"이제 완전 빈털터리로군. 시원하기는 한데 앞으로 살아갈 일이 걱정인걸. 후훗, 오늘 밤은 당장 뭘 먹고 어디서 자야 할지……."

그는 자갈이 깔린 광장을 질러 벤치 쪽으로 걸었다. 땅거미가 내리기 시작하는 때라 그런지 비둘기들도 어디론가 사라지고 사람들도 별로 없었다. 그는 벤치에 앉을 마음이 별로 없는지 광장 가장자리의 철책에 기대선 채 불빛이 하나둘 돋아나는 시가지 쪽을 내려다보았다.

"난 왜 여기 와 있지? 애초에 부산으로 내려올 때는 선원이 되어 외국으로 나가고 싶었지. 자유를 찾아……. 돌아보면 내 삶은 이제껏 어떤 외부 힘에 조종 당한 것 같아. 엄마에게 버림받고 거지처럼 떠돌다가 선감도에도 끌려갔지. 하지만 이번만큼은 나 자신의 뜻에 따라 결행한 거야. 그런데 쉽지 않네. 절름발이는 최하급 선원으로도 받아 주지를 않으니. 하기는 파도가 몰아쳐 배가 흔들리면 멀쩡한 다리로도 버티기 힘들 테니까. 이래도 안 되고 저래도 안 되고……. 아, 과연 운명이나 신은 있는 것일까? 운명이 있다면 이 무슨 운명이며, 없다고 한다면 난 대체 어찌해야 할까?"

그는 한숨을 내쉬며 저 멀리 아련한 항구의 야경을 바라보았다.

"만약 내가 사이비 종교에 빠진 엄마에게 버림받지 않고 제대로 자랐다면 지금 어떻게 살고 있을까? 아냐, 이런 생각은 금물이야. 사실 가만히 생각해 보면 지금 이 순간도 아름답거든. 그래! 미련과 부정적인 생각 따위 버리고 이 순간, 주어진 데서부터 뭔가 시작해야 돼. 저 생명체인 양 꿈틀거리는 항구처럼……."

좀 쓸쓸해 보이던 그의 얼굴에 살짝 생기가 감돌았다. 열여섯이나 열일곱 살쯤 되었을까. 비록 곤궁에 찌들어 꾀죄죄한 꼴이기는 해도 꽤 미남형이었다. 스산한 가을바람이 불어와 긴 머리카락을 흩날리자 한순간 이마 한쪽에 있는 흐릿한 흉터가 드러났다. 해쓱한 안색보다 좀 더 하얗게 보일 뿐 원래 인상을 별로 훼손시키지는 않았다. 오히려 어떤 애잔한 고독감을 풍기는 듯싶었다. 눈에는 한 가닥 수심이 어려 있었지만, 이따금 그것을 극복하려는 양 빛이 났다. 그렇기는 해도 옷차림이 추레하고 신발마저 닳아빠진 상태라 얼핏 거리를 떠도는 부랑아처럼 보였다.

서녘 하늘의 노을은 점차 스러지고 땅거미가 짙어졌다. 청운은 먼 항구의 야경에서 눈길을 돌리고는 천천히 공원 계단 길을 내려갔다. 부두 근처에 하역 노동자들을 위한 저렴한 숙박소와 식당이 있었다. 주머니에 땡전 한 푼 없는 빈털터리인지라 그곳조차 들어갈 수 없는 신세였지만, 일단 한번 부닥쳐 볼 심산이었다.

'다리는 절뚝거려도 팔 힘은 세지 않은가. 마음만 좀 낮추면 이 세상에 무슨 일인들 못하겠는가. 외항선 내의 식당에서 접시 닦이를 하든 하역부 보조 일을 하든 일단 내려가 보자! 정 안 되면 자갈치 시장에서 청소부 노릇이라도 할 수 있게 애걸복걸하면 무슨 수가 트이겠지.'

그는 생각하면서 조심조심 계단을 내려갔다. 그 밑에 더 악독한 운명의 계단이 기다린다는 사실을 모른 채 말이다. 일단 아래로 내려온

수상한 형제복지원과 비밀결사대

청운은 심호흡을 한 후 잠시 망설였다.

"아직 초저녁인데 굳이 부두로 갈 필요는 없지 뭐. 여기까지 온 김에 슬슬 부산의 번화가라는 남포동이나 한번 구경해 볼까?"

그는 갈림길 위에 선 채 부두 쪽과 시가지 쪽을 몇 차례 쳐다본 후 마침내 결정한 듯 남포동을 향해 걸음을 옮겼다.

"어린 시절 서울에서 비렁뱅이 생활을 할 때는 화려한 명동 거리를 걸으며 구걸도 했었지. 그 슬픈 꼬맹이를 생각하면 지금 뭘 못 하겠어. 우선 구경만 하자. 혹시 새로운 어떤 삶이 시작될지도 모르잖아."

그는 중얼거리며 절뚝절뚝 걷기 시작했다. 그때 카키색 천막을 친 낡은 트럭 한 대가 앞을 막아섰다.

팔뚝에 붉은 완장을 찬 사내가 내려오더니 물었다.

"어이, 어디까지 가나?"

"저기…… 남포동……."

"거기는 무슨 일로?"

"그냥 뭐……."

"별로 할 일은 없고, 시간은 있고?"

"무슨 상관이죠?"

"아니 그냥……. 좀 불편한 것 같아 우리가 차로 모셔다 드리게."

사내는 허연 이를 내보이며 웃었다.

"고맙지만 괜찮아요. 그냥 슬슬 구경 삼아 가니까요."

"글쎄, 우리가 지금 공무수행 중이라……. 장애인을 목적지까지 편히 모셔다 드리는 것이 우리 업무예요."

"걱정 마세요. 멀지 않아서 운동 삼아 살살 갈 테니까요."

"그러면 우리가 직무 유기가 되어요. 그러니 고집 그만 부리고 어서 타세요. 운동은 나중에 많이 할 기회가 있을 테니……."

"정말 괜찮으니 어서 다른 볼일이나 보세요."

"거참, 말이 안 통하는구먼. 자꾸 그러면 우리가 미안해진다니깐!"

그러면서 트럭에서 다른 두 사내가 내려 청운의 양팔을 우악스레 붙잡아 마구 끌었다. 말을 건 사내가 휘파람을 불자 천막이 걷혔다. 세 사내가 밀어 올리고 위에서 억센 손아귀가 목덜미를 잡아당기는 바람에 청운은 얼떨결에 트럭 안으로 곤두박질치고 말았다.

곧 천막이 닫히고 차가 출발했다. 어두컴컴한 내부에서 청운은 얼마 후 정신을 차렸으나 두 팔목이 꽉 결박 당해 반항하기 어려웠다. 경험상 이럴 때는 기회를 노리며 가만히 있는 것이 상수였다. 묶이지 않은 사람들도 가만히 있었다. 퀴퀴한 냄새가 진동하는 트럭 속에서 이따금 한숨 섞인 신음 소리와 여자의 가녀린 울음소리만 났다. 남자들이 내는 신음에는 흠씬 두들겨 맞은 후의 체념 같은 기색이 스며 있었다.

트럭은 비포장도로로 접어들었는지 덜컹거리며 천천히 나아갔다. 아마 평지가 아니라 비탈길을 오르는 듯싶었다. 대체 어디로 가는 것일까? 바깥 풍경을 볼 수 없기에 생포된 사람들은 끝없는 공포감에 사로잡혔다.

청운은 어린 나이에 비해 세상 지옥을 꽤 많이 겪어 보았기에 다른 '승객'들처럼 벌벌 떨지는 않았다. 그래도 역시 강제로 구속된 상태이기에 긴장한 채 머리를 굴렸다.

'호랑이 굴에 들어가도 정신만 차리면 산다는 속담이 있지만 사실 그것은 좀 어렵지. 어디로 가는지는 몰라도 일단 호랑이가 아니라 사람이니 무슨 방법이 있을 거야. 지금은 겁에 질려 있지만 옆에 일단 사람들도 있으니까. 까짓것, 한번 가 보자고. 그곳이 어딘지 조금 궁금하기도 하군. 하기는 딱히 갈 데도 없었으니 한편으로 기회일 수도 있지 뭐. 곤경에 처한 때일수록 잔걱정과 잡생각 따위 버리고 오히려 느긋한 마음으로 창의적인 수단과 방법을 찾아야 해.'

얼마 후 트럭이 경적을 길게 울리자 큰 철문 같은 것이 요란스레 삐걱대며 열리는 소리가 났다. 그 지점을 지나자 트럭은 한결 부드럽게 나아갔지만, 이어서 거대한 철문이 쾅 닫히는 소리가 나자 청운은 움찔했다.

'여기는 대체 어딜까? 무엇 하는 곳일까?'

트럭은 다시금 굴곡진 오르막을 얼마쯤 달린 후 갑작스레 멈추었다. 사람들은 혼란의 도가니에 빠졌다. 두꺼운 천막이 걷히더니 요란한 호각 소리에 이어 명령하는 소리가 들렸다.

"질서 정연하고 신속 정확하게 하차하여 저 깃발 앞에 2열 종대로 정렬한다! 잡소리와 느림보는 즉결 처분이니 명심해라. 선착순, 실시!"

모두 서로 먼저 내리려고 애쓰는 통에 아비규환이었다. 일단 다 하차한 후 경쟁을 시켜야 하는데, 그런 룰조차 없다 보니 아수라장이 될 수밖에 없었다.

청운은 맨 나중에 내린데다 다리마저 절뚝거리는 처지라 꼴등을 했다. 그런데 또 사태가 반전되었다. 완장을 찬 우락부락한 사내들이 몽둥이를 들고 '신입'들을 둘러싸더니 마구 두드려 패는 것이었다. 선두권의 사람들도 등외권의 낙오자들도 모두 매타작을 당했다. 거의 대부분이 땅바닥에 널브러져 벌레처럼 뒹굴며 신음했다. 붉은 모자를 쓴 사내가 냉엄한 목소리로 말했다.

"너희들은 짐승보다 못한 놈들이다! 늑대도 자기 무리들과 더불어 동고동락한다. 그런데 너희들은 사람 탈을 쓴 채 자기만 살겠다고 지랄 발광을 했다. 이곳은 철저한 평등과 사랑을 실현하라고 대통령 각하와 국가에서 위임을 받은 형제복지원이다! 명심해라. 지가 좀 잘났다고 착각하여 개소리를 지껄이는 놈은 곧 시체로 변한다는 사실을……. 이곳은 선인을 키우고 악인을 징벌하는 특별한 지상 천국이다!"

붉은 모자의 훈시가 끝나자 완장 찬 사내들이 대열을 인도하여 회색 건물 속으로 끌고 갔다.

아무도 말을 하지 않았다. 분위기가 너무 살벌했던 것이다.

일은 본관 안으로 들어가 수용자 분류와 신상명세서를 작성할 때 벌어졌다.

자기는 부랑자가 아니라는 애소가 이어졌다. 그중 한 젊은 남자는 잠바 윗주머니에서 종이쪽지 한 장을 꺼내더니 흔들며 소리쳤다.

"이것이 뭔지 좀 보시우. 자, 똑똑히 보란 말요! 국가에서 발행한 귀향증이오. 사기꾼 놈한테 속아 집도 논도 마누라도 **뺏겨** 버렸수. 사이비 신흥종교 협잡꾼 놈들한테……. 참다 못해 개쌍놈 하나를 패고 감옥살이 하다가 얼결에 여기까지 왔수다."

"잘났다, 이 새끼야! 까딱했으면 살인자가 되어 교수형 당할 뻔했구먼. 집도 절도 없으니 여기를 천국으로 여기고 감사하게 생각하라고."

붉은 완장을 찬 채 감시하던 두 사내가 원통한 인간의 절규를 비웃으며 양 **뺨**을 사정없이 갈긴 후 어디론가 끌고 갔다.

그다음에는 반질반질한 양복 차림의 중년 남자가 불평불만을 토해냈다.

"아니, 대한민국 민주 사회에서 도대체 무슨 짓이오? 울화통이 터지지만 가능한 이성적으로 말하겠소. 난 한국 사람이라면 다 아는 유명한 제약회사 사무직 과장대리요. 경남 지사에 출장 왔다가 서울 본사로 복귀하려고 부산역 대합실에 앉아 잠시 조는 사이 깡패 같은 놈들에게 끌려왔단 말요. 당장 내보내 주지 않으면 경찰에 신고하겠소!"

"하핫, 그러슈? 나름대로 뇌물을 주고받으며 잘 살았겠군. 하지만 어쩐다? 여기는 일단 한번 들어오면 대통령 할애비라도 마음대로 나갈 수 없는데. 왜냐? 바로 대통령 각하께서 윤허하셨으니까. 흐흐, 규칙대로 처리할 뿐이니 잔말 마슈."

"사설 범죄 집단이 아니면 도저히 이럴 수가 없어! 대통령 자체가 희대의 살인마라고 지탄받고 있는 마당에 뭔 귀신 씻나락 까먹는 소리……."

하지만 중년 남자는 말을 끝맺지 못했다. 완장 찬 사내의 억센 주먹이 입을 강타했기 때문이다. 비명 소리를 낼 틈도 없었다. 주먹질이 퍽퍽 둔탁하게 이어졌고, 중년 남자는 얼굴이 피투성이가 된 채 쓰러져 신음했다.

피거품 묻은 이 몇 개가 입술 사이로 비어져 나왔다. 침과 함께 땅바닥에 떨어진 자신의 생니를 바라보던 사내는 문득 기괴한 표정으로 키득거리기 시작했다. 웃음인지 울음인지 분간하기 어려웠다. 흙 묻은 이를 하나씩 줍던 그는 갑자기 짐승처럼 울부짖었다.

"뭘 그딴 것으로 지랄이서? 남은 옥수수까지 왕창 다 털어 버리기 전에 정신차려, 짜샤!"

"이 쌍놈!"

중년 남자는 온 힘을 끌어모아 완장 찬 사내의 사타구니를 움켜쥐었으나, 반대로 급소에 발길질까지 당한 후 짐승처럼 끌려 나갔다.

살벌한 분위기 속에서 시계 바늘만 째깍거렸다. 갑자기 늙수그레한 어떤 촌로가 두 손을 싹싹 비비며 바싹 마른 입으로 호소했다.

"선생님, 제발 한번만 봐 주시우. 나는 저 사람들맹키로 죄가 없다고 뻗대지는 않겠시우. 어릴 적에 새 새끼를 둥지에서 꺼내 키우려다가 죽인 적도 있고, 길거리에서 주운 돈을 경찰서에 신고하지 않은 채 슬쩍 챙기기도 했고, 그리구 또…… 마누라 몰래 딱 한 번 홍등가에 들렸다는 사실을 여태껏 숨기고 있으니까유. 좋소, 내 죄를 인정하고 벌을 받겠소이다! 다만 딱 한 가지만 부탁드릴게유. 사실 내일 정오에 우리 큰딸이 결혼을 합니데이. 반평생 살아오매 인생살이가 여의치 않다는 것은 익히 겪어 알지마는…… 첫 딸년 혼례식에 멀쩡한 아비가 이런 데 갇혀 불참한다고 어찌 상상이나 할 수 있겠시유? 나는 지금도 이건 꿈속 지독한 악몽이 아닐까 싶구먼유. 선생님, 제발 좀 선처해……."

"흥, 그런 더러운 죄를 지었으면 딸을 위해서라도 예식장에 가지 말고 여기서 속죄하는 것이 더 좋겠지. 할배 자신은 뻔뻔스레 별 죄가 아니라고 변명하지만 어찌 알겠어? 당신이 기분에 취해 바람피운 덕에 어떤 애가 태어났다면 과연 그 애의 삶은 어땠을지 한번쯤 생각해 보기나 했수?"

"뭔 애를 낳으려구……."

촌로 역시 주름 투성이 뺨을 얻어맞고는 끌려가면서 비명을 내질렀다.

"이것이 뭔 날벼락이여! 여기는 국가도 법도 없는겨!"

하지만 어떤 대꾸도 메아리도 들려오지 않았다.

다음으로 어린 소녀 차례였다. 열다섯 살쯤 되었을까. 얼핏 예쁘장한 얼굴인데, 볼 한쪽에 불그무레한 반점이 핏방울이나 노을처럼 퍼져 있어 왠지 모를 애달픔을 자아냈다.

"넌 왜 이리 왔어. 계집애는 저쪽 줄로 가!"

뚱뚱한 관리원이 말하자 소녀는 긴 머리카락을 찰랑찰랑 흔들며 대꾸했다.

　"난 집 없는 떠돌이 계집애가 아니라 공주란 말야. 그러니 어서 내보내 줘."

　"쪼끄만 년이 지랄하네! 너 맛을 한번 보고 싶냐?"

　사내는 볼펜으로 소녀의 이마를 쿡쿡 찔렀다. 소녀는 때에 절은 머리카락을 세차게 흔들었다. 누추한 옷 속의 호리호리한 몸매도 따라 움직였다.

　"나쁜 놈! 아, 엄마……."

　소녀의 말은 중간에 끊겼다. 완장 찬 놈이 억센 손으로 입을 막고는 끌고 갔기 때문이다. 소녀의 발버둥은 아무 소용이 없었다. 수많은 사내가 잡혀 와 있었지만 그저 지켜보기만 할 뿐 누구 하나 나서는 사람이 없었다. 그곳은 갈 곳 없는 사람이 가는 곳이 아니라 보통 사람들도 붙잡혀 가는 이상한 곳이었다.

울며불며 또 맞는 형제복지원

남자 대열과 여자 대열로 분리된 사람들은 신입 소대로 끌려갔다.
그곳에는 일고여덟 살짜리 어린 소년부터 청운 또래의 청소년은 물론
중·장년과 노인까지 있었다.

선감도에 입소할 때처럼 신입들은 머리를 빡빡 깎였다. 그동안 세속
바람에 휘날리던 긴 머리카락이 바리캉 밑에서 떨어져 내리는 모습을
보던 청운은 눈을 감아 버렸다.

그러고는 지급받은 청색 추리닝 한 벌과 검정 고무신을 착용했다.
이어 완장 찬 소대장이 선창하는 대로 따라 복창했다.

"우리들은 인간 쓰레기임을 자각하고 여기서 재탄생한다!"

"원장님의 말씀에 절대 복종하고 높게 받들어 모신다!"

"이곳은 국가에서 위임받은 복지원이므로 탈출은 반역자로 처단된다!"

이어 신고식이라며 잔뜩 기합을 넣고 으르딱딱거렸는데, 선감학원처럼 장기 자랑은 없고 원산 폭격, 한강 철교 건너기 등 그저 괴롭히는 데만 혈안이 되어 있었다.

밤이 이슥해서야 그들은 차가운 공간에 갇혀 낡아 빠진 담요 한 장으로 지친 몸을 덮고 웅크린 채 겨우 잠자리에 들 수 있었다.

주위에서 들리는 한숨과 신음 소리 탓인지 청운은 잠들지 못했다.

'부산의 번화가에서 얼마 떨어지지 않은 듯한 곳에 이런 감금 시설이 있다니 정말 충격이야. 무슨 복마전도 아닐 테고 말야. 조심하는 것이 좋겠어. 맞아 죽을 수도 있으니. 음, 눈치 빠르게 적응하는 한편으로 가능한 구석구석 살펴 이 복마전을 파악하자. 언젠가 탈출하게 된다면 세상에 알릴 수 있을 테니까. 아, 그런데 배가 진짜 고프군. 개새끼들, 건빵 하나 주지 않다니……'

그는 이런저런 생각에 잠겼다가 스르르 잠이 들었다.

악몽에 시달리던 밤은 가고 새벽빛이 희붐하게 밝아 왔다.

원생들은 새벽 5시쯤 우렁차게 울려 퍼지는 기상 나팔 소리를 듣고 잠에서 깨어나 고달픈 하루를 시작했다. 인원 점검 후 소대별로 세면

실로 향했다. 국가 지원금 속에는 분명 칫솔과 치약 값도 있을 텐데, 원생들은 굵고 거무튀튀한 막소금으로 대충 양치질을 하고는 양 손바닥을 모아 받은 물 조끔으로 세수까지 끝낸 후 운동장에 모였다.

빡빡 깎은 머리에 청색 추리닝을 입고 검정 고무신을 신은 꼴이 영락없는 죄수의 모습이었다. 아침 점호를 받고 나서는 대열을 맞추어 몇 바퀴 뛰면서 새마을 노래와 군가를 불렀다.

내 살던 고향은 형제복지원
날만 새면 꽁보리밥에 썩은 전어젓
울며불며 또 맞는 형제복지원…….

입속으로 자그맣게 풍자하는 사람도 있었다. 그러다가 혹 보조를 잘 맞추지 못하면 몽둥이로 흠씬 두들겨 맞았다.

그들은 숨을 헐떡거리며 식당 밑에 정렬해 있다 차례가 되면 즉시 올라가 식판에 받은 밥을 재빨리 우걱우걱 씹어 삼켰다. 뒷줄을 위해 비켜 주어야 했다. 미적대다가는 조장들에게 밥을 뺏길 뿐 아니라 피터지게 얻어맞았다.

아침 7시부터 원생들은 각종 작업장으로 끌려가 강제 노동에 시달렸다.

철공반, 목공반, 미용반, 액세서리반 등이 있었다. 일정 할당량을 채워야 하기에 모두 다 살인적인 노역이었다. 작업반 책임자는 원장의 동생과 처남들이었다.

신입 소대 원생들도 8시 무렵 대부분 노역장으로 끌려갔다. 소대 내부에는 어린아이들이나 몸이 불편한 이른바 '쓰레기 새끼들'만 남았다. 물론 소대장과 조장들이 수시로 들락거리며 교육훈련을 시킨답시고 기합과 폭행을 가했다. 국민교육헌장이란 것을 처음부터 끝까지 달달 외우도록 강요할뿐더러, 만일 한 글자라도 틀리면 야구 방망이가 머리통을 마구 강타했다. 기절했다가 물벼락을 맞는 경우도 있었다.

청운은 다리가 아프다는 핑계로 내무반에 남았다. 조장이 다리를 차며 엄살 떨지 말라고 닦달했으나 바지를 걷어 올려 상처를 보여 주자 말없이 째려보고는 바닥에 침을 찍 뱉었다. 다리가 많이 아픈 것은 아니었다. 하지만 가능하면 체력을 축적해 놓아야 했던 것이다.

한참 후 10분간 휴식 시간이 주어졌다. 청운은 원생 수칙이 빼곡히 적힌 종이쪽지를 들고 구석으로 가서 내용을 가르쳐 주는 척하다가 틈을 보아 아이에게 물었다.

"넌 어쩌다 여기 끌려왔니?"

아이는 눈을 들어 청운의 얼굴을 가만히 쳐다보더니 흐느낄 듯 입술을 비죽거리며 말했다.

"학교 댕겨 오다가 붉은 완장 찬 아저씨에게 붙들려 왔심더."

"뭐라고? 몇 학년인데?"

"1학년예."

"집에 엄마는 계시니?"

"예, 그런데 공장 일 나가서 밤늦게 들어옵니더. 형아야, 엄마가 보고 싶어요. 내 쫌 내보내 주이소예."

"무서워도 좀 참고 견뎌 보자. 기회가 있겠지."

조장이 노려보는 것 같아 청운은 슬그머니 벽 쪽으로 가서 기대 앉았다. 좀 있다가 머리가 허연 노인에게 슬쩍 말을 걸었다.

"영감님, 아까 몽둥이에 맞은 머리는 괜찮은가요?"

"아이고, 괜찮을 리가 있나. 아직도 골이 띵 하구먼."

중얼거리며 피 묻은 정수리를 매만졌다. 하얀 머리카락이 붉게 물들어 기괴한 느낌을 주었다.

"여기는 언제 들어오셨어요? 어쩌다가?"

"사흘 전 경로당에서 나오는 길에 붙잡혀 왔구먼. 순경 놈 하는 말이, 내가 대통령을 욕했다는 거야. 내가 미쳤다고 남 욕을 하겠어. 민화투 쳐서 막걸리 한잔 마시다가 속에 있는 말이 나왔는지 모르지만, 민주 세상에 그런 말마저 못하면 숫제 벙어리가 되라는 거여 뭐여?"

"분하시겠지만 목소리 좀 낮추세요."

"내 느낌인데, 어떤 놈이 신고를 했을 거여. 경로당에서 놀던 영감 할매들이 이런저런 소릴 다 지껄이며 서로 입씨름을 벌였는데 하필 나만 끌려올 게 뭐냐 말여. 대통령 말만 마치 하느님 말처럼 졸졸 따라 외며 숭배하는 꼴통 놈이 있는데 아마 그놈 짓일 거라. 내 돈 만 원을 서너 해 전에 빌려 가구선 시치미 떼는 놈이걸랑."

"그야말로 막걸리 반공법에 걸려 드셨군요."

"헛 참…… 그런데 자네는 어쩌다가……?"

그때 조장이 호루라기를 삑 불고는 다시 제자리에 정렬하라고 외쳤다.

"몸조심하세요."

"그래, 이것도 인연일 테니 또 보자고."

"네."

짧게 인사를 하고 서로 헤어졌다. 하지만 그 약속은 지키기가 어려워지고 말았다.

다음 날 아침, 청운은 일반 소대 중 청소년 소대로 전출되었다.

그 어린 소년은 아동 소대로, 백발 영감님은 노인 소대로 옮겨졌을 터였다. 그리고 회색 건물의 빈 공간에는 어디선가 억울하게 잡혀 온 낯모를 '신입'들이 갇혀 교육이라는 이름의 강압과 폭행을 당할 것이었다.

청운이 소속된 곳은 3중대 10소대였다. 불구자와 노약자를 모아 둔 소대도 있다지만 한쪽 다리를 조금 절룩이는 정도로는 그곳에서 받아 주지 않았다. 그 소대에는 스스로 일어나 움직이기 힘든 '인간 폐물'들만 들어갈 수 있었다. 그런데 왜 그런 폐물들을 끌어와 모아 둘까? 그 이유는 국가에서 원생 한 명당 얼마씩 계산하여 국가 지원금을 형제복지원 측에 주기 때문이었다.

아침 7시부터 강제 노동이 시작되었다. 어린아이든 노인이든 조금이라도 힘을 쓸 만한 사람은 모두 끌어내 동원했다. 공장은 철공반, 목공반, 제화반, 인형제작반, 미용반, 액세서리반(인형 눈알 박기, 낚싯줄 묶기, 칵테일에 꽂는 종이우산 만들기, 예수상에 금박 물감 칠하기) 등이 있었는데, 청운은 선감학원에서 배운 기술로 목공반에 배치되었다.

목공반에서는 식탁, 의자, 창틀, 바둑판은 물론이고 이쑤시개까지 만들어 내었다. 사실 사회에 나온 후 서울 등지에서 청운은 가구공장과 목공소 같은 곳에 취직하기 위해 기웃거려 보았다. 하지만 대개 기술자를 모집했기에 선감도에서 익힌 정도로는 부족했다. 견습공으로나마 들어가고 싶었지만, 집도 절도 보증인도 없는 떠돌이를 마뜩잖은 눈으로 바라보며 머리를 흔들 뿐이었다. 여기서라도 제대로 배울 수만 있다면 한 가닥 희망이 보일 성싶기도 했다.

오전 노동이 끝나고 군가를 부르며 운동장을 한 바퀴 돌았다.

숨막히는 고통도 뼈를 깎는 아픔도
승리의 순간까지 버티고 버텨라!
우리가 밀려나면 모두가 쓰러져
최후의 5분에 승리는 달렸다
최후의 5분에 영광은 달렸다
적군이 두 손 들고 항복할 때까지
최후의 5분이다, 끝까지 싸워라!

그러고는 커다란 식당 안으로 들어가 점심을 먹었다. 시어 빠져 군내가 풍기는 김치를 넣고 끓인 수제비 한 그릇이 전부였다. 설익어 생밀가루가 씹히기도 하는 '먹이'였지만 누구 하나 불평하는 사람 없이 다급히 씹어 삼켰다. 빨리 먹고 나가야 밖에서 줄 선 채 기다리는 원생들이 들어오기 때문이었다.

"야, 체할라. 천천히들 먹어!"

조장들이 지켜 서서 지껄였으나 빨리 먹고 밖으로 나가 줄 서지 않으면 선착순에 걸려 몽둥이 찜질을 당하기 때문에 늑장 부릴 형편이 아니었다. 배는 고픈데 양은 적은 편이라 눈 깜짝할 새 그릇을 비운 사람들은 무척 허전한 표정이었다.

그들은 다시 대열을 지어 일터로 갔다. 공장 앞마당에서 30분쯤 휴식 시간이 주어졌다. 원생들은 무리 지어 둘러서서 족구를 하기도 했고 한쪽에서 탁구를 치기도 했다. 철봉 위에서 묘기를 부리는 사람도 있었다.

청운은 낡은 벤치에 걸터앉아 멍하니 바라보았다. 그때였다. 비슷한 또래로 보이는 한 녀석이 벤치 한쪽에 와서 척 앉았다.

"야, 넌 운동 안 하니?"

청운을 향해 물었다.

"응, 구경하는 것이 더 좋아."

청운은 상대를 바라보지 않은 채 대꾸했다.

"싱거운 놈이군. 영감 같은 소리나 하고."

"그러는 넌 왜 앉았냐?"

"떠들고 놀 기분이 아니야. 쳇, 대체 이 꼴이 뭐냐. 좋은 나이에 이런 데 갇혀서……."

그제서야 청운은 눈길을 돌려 녀석을 쳐다보았다. 머리가 크고 앞이마가 툭 튀어나온 짱구였으나 눈은 작았고 입술은 두툼했다. 청운이 씩 웃자 녀석도 히죽 미소지었다.

"언제 여기 들어왔니?"

청운이 물었다.

"한 달쯤 됐어. 넌?"

"엊그제."

"흥, 애송이로군. 앞으로 이 선배님께 많이 배워. 그런데 어쩌다가 여기 잡혀 왔어?"

"남포동 쪽으로 절뚝절뚝 걷고 있는데 태워 준다기에 탔더니 여기로 모셔 오네."

"정말? 바보 같군. 천국에 좀 편히 가려다가 지옥으로 끌려 내려온 셈이야."

"그럼 넌 지옥인 줄 알고 온 거야? 후훗."

"그럴 리가! 제기랄, 장발 단속에 걸렸어. 공짜로 머리 깎아 주고 간식용 과자도 준다기에 트럭에 올라탄 거지."

"나보다 더 멍청한 것 같군."

"피장파장인걸 뭐. 하핫."

그때 조장이 호루라기를 불어 휴식이 끝났음을 알렸다. 원생들은 인원 점검을 받은 후 명령에 따라 각자가 소속된 공장으로 들어갔다.

"나중에 봐."

짱구가 손을 들어 흔들며 말했다.

"응. 근데 넌 무슨 반이야?"

청운은 녀석의 어깨를 슬쩍 치며 물었다.

"인형반. 어서 가 봐. 꾸물거리다가 터질라."

짱구는 눈을 찡긋하고는 청운과 반대 방향으로 뛰어갔다.

청운은 목공반으로 들어섰다. 선감학원의 목공반이 기초적인 기술을 가르치는 데 비해 형제복지원에서는 각종 생활용품을 만들어 내부에서 사용할 뿐 아니라 외부에 판매하기도 했다. 대량 주문받아 납품하는 물건도 다양했다. 목공반 외의 다른 공장 역시 마찬가지였다. 낚시에 줄을 묶는 일은 주로 아이들과 노인들이 맡아 했는데 외국으로 수출된다고도 했다. 그 거대한 공장에서 원생들의 강제 노동으로 벌어들이는 돈이 어마어마하다는 이야기였다. 원래는 원생들의 복지를 위해 쓰여야 마땅한 그 돈이 모조리 원장 일가족의 재산으로 둔갑된다는 소문이었다.

윤청운과 박동구의 슬픈 권투

저녁 6시경에 작업이 끝나면 원생들은 다시 소대별로 모여 인원 점검을 마친 후 조장의 인솔 아래 줄지어 내무반으로 돌아갔다.

피처럼 붉게 물들었던 노을마저 어느덧 지고 땅거미가 내려앉았다. 가을바람이 스산한 느낌을 주었다.

중간에 식당에 들르는데 빈 공간이 있으면 행운이었다. 그렇지 않으면 군가를 부르며 운동장을 천천히 돌았다. 지쳐 빠진 몸으로 구보도 물론 힘들었지만, 추위에 떨며 한곳에 부동자세로 서서 기다리는 것 또한 어렵기는 마찬가지였다.

저녁밥은 아침과 같이 꽁보리밥이었다. 썩은 오징어젓과 허연 배추 김치 그리고 시래깃국이 전부였다. 그것을 5분 내에 먹고 다시 선착순 대열로 달려가야 하는 것이었다.

소대 내무반으로 들어가면 저녁 점호가 실시된다. 형제복지원에서는 모든 것이 군대식이었다. 원장이 하사관 출신이라서 그런지 몰랐다. 오히려 군대보다 더 심했으면 심했지 결코 덜하지 않았다. 일단 4열 종대로 줄지어 정렬하면 일백여 명에 가까운 원생들은 석상인 양 부동자세로 서서 찍 소리 하나 내지 않았다. 소대장과 조장 네 명이 노려보다가 여차하면 몽둥이로 무자비하게 두드려 패기 때문이었다. 하루라도 무사히 넘어가는 날이 없었다. 이미 폭력에 맛을 들인 그놈들은 일부러 트집을 잡아서라도 원생들에게 기합과 폭력을 가해야만 직성이 풀리는 모양이었다.

그런 후에야 겨우 자유 시간이 주어졌다. 하지만 자유 시간이라고 제 마음대로 놀아도 좋다는 뜻은 결코 아니었다. 각 조별로 모여 놀이를 하거나 때로는 각 조의 대표를 뽑아서 시합을 벌이기도 했다. 좋아하는 노래를 듣거나 책을 읽기는 어려운 노릇이었다.

신입이 들어오면 내무반에는 어떤 활기가 감돌았다. 그날의 신입은 세 명이었다.

소대장이 호명을 하여 앞으로 불러냈다.

"오동추!"

"옛!"

"이 새끼, 이거 가명 아냐?"

"아닙니다, 본명입니다!"

"박독구!"

"예!"

"독구라니, 이건 사람이 아니라 개 같은걸. 야 독구! 차라리 멍멍 짖어 봐라."

"예! 멍멍~ 멍멍!"

잠시 웃음소리가 나다 사라졌다.

"윤청운!"

"네."

"저 새끼는 저녁밥도 안 처먹었나? 목소리가 왜 그래!"

"네! 시정하겠습니다!"

"새끼야, 귀청 떨어지것다. 빨랑 기어 나와!"

청운은 일부러 좀 심하게 절뚝거리며 천천히 나갔다. 소대장보다 조장이 더 화가 나서 째려보았으나 명령이 내리지 않아서인지 몽둥이질은 하지 않았다. 세 신입이 앞에 차렷 자세로 서자 소대장은 지휘봉을 들어 오동추의 목 아래를 쿡 찔렀다.

"이게 뭐냐, 응? 너 윗도리 한번 벗어 봐"

"옛!"

오동추는 대답과 함께 단추를 풀고 옷을 벗었다. 가슴팍에 울긋불긋한 색깔로 봉황새 한 마리가 수놓아 있었다. 멋지면서 섬뜩한 문신이었다. 아까 앞섶 단추 하나가 풀려 봉황새 머리가 슬쩍 드러났던 것이다.

"너 사회에서 좀 놀았노라고 과시하려고 일부러 단추 풀었지?"

"아닙니다만……."

"뭐? 만? 그래서?"

"아니, 어차피 나중에 알려질 것이라면 차라리 지금……."

"흠, 이제야 본심을 드러내시는군. 내가 겁먹을 줄 알았냐?"

"그것은 아닙니다!"

"그래? 그럼 여기 들어온 소감이나 한마디 해 봐."

"어차피 이곳도 사람 사는 세상인데 어렵하겠습니까. 사회에서처럼 잘해 보겠습니다!"

"호오, 그러시다면 이곳 맛을 좀 보여 드려야겠군. 얘들아, 시작해!"

명령과 동시에 조장들이 달려들어 오동추를 쓰러뜨리고는 담요를 덮어씌웠다. 그리고 마구 매타작을 시작했다. 그것을 신호로 앞쪽에 서 있던 원생들까지 가세하여 담요 속 인간을 주먹으로 치고 발로 짓밟았다. 넓은 실내에 비명 소리만 메아리치다 차츰 작아지면서 아예 사라져 버렸다. 죽어 버린 것이 아닐까?

청운은 눈살을 살짝 찌푸린 채 그 아비규환의 현장을 묵묵히 바라보았다. 인간의 저런 야수성은 대체 어디에서 나올까? 타고난 본성인지 형제복지원에서 받은 교육훈련 때문인지 가늠할 수가 없었다.

10소대의 원생들은 대부분 18세 이하의 청소년이었으나 스무 살이 넘어 보이는 젊은 청년들도 섞여 있었다. 원칙대로라면 그들은 성인 소대로 가야 할 텐데 그곳은 수용 인원이 넘치다 보니 임시로 보낸 것이었다.

다행인지 불행인지 오동추는 겨우 깨어났다. 하지만 그새 혼이 나가 버린 듯 꺼벙해져 마치 백치처럼 보였다.

"모다구리는 이제 흥미 없으니 좀 더 재미있는 것을 해 볼까?"

소대장이 능글능글 웃으며 말했다. 모다구리란 바로 오동추가 당한 이불말이를 뜻했다.

"야, 너희들 둘이 오늘 동기생이니 친선 권투 시합을 한판 벌여 봐."

청운과 박독구를 향해 말하며 두 사람 앞에 작업용 면장갑을 한 켤레 던졌다.

"두 쪽 다 끼면 재미없으니 한 쪽씩만 끼고 한다. 실시!"

둘은 장갑을 하나씩 주워 손에 끼었다.

"한쪽 주먹만 써야 합니까?"

박독구가 물었다.

"얌마, 병신 권투하냐. 당연히 두 주먹 다 사용해야지. 그냥 동기 간의 친선을 도모하기 위해 한쪽씩 나누어 끼는 것뿐이야. 주의 사항은 한 가지! 장난치듯 슬슬 했다가는 모다구리 당할 줄 알아라."

조장이 말했다.

"케이오로 이긴 선수에게는 상으로 건빵 한 봉지 준다. 자, 준비해라! 공은 입으로 친다. 제1회전, 땡!"

독구가 먼저 두 주먹을 얼굴 앞으로 올리고 상체를 슬쩍 숙인 채 좌우로 흔들면서 권투 자세를 취했다. 녀석은 실제로 권투를 좀 했는지 발놀림까지 제법 능숙해 보였다. 반면 청운은 팔을 내린 채 느릿느릿 움직였다. 독구가 먼저 왼쪽 주먹을 날렸다. 청운이 살짝 피하자 독구는 재빨리 한 발짝 달려들며 복부에 원투 펀치를 먹였다. 청운은 허리를 구부리고 뒤로 물러섰다. 하지만 사람들이 둘러서서 막고 손으로 밀었기 때문에 마치 링의 반탄력인 양 튕겨 났다. 그 기회를 잡아 독구는 청운의 얼굴에 일격을 가했다. 코피가 흐르자 구경꾼들은 흥분해서 환성을 질렀다.

청운은 외로움을 느꼈다. 어릴 때부터 얼마나 많이 맞고 살아왔던가? 그래서 가능하면 남에게 주먹질을 하지 않으려고 노력했다. 주먹은 고통이기보다 비참한 고독감을 가슴 깊이 던져 주었다. 하지만 피를 보게 되면 또 다른 감정이 느껴졌다. 그것은 비극적인 일종의 쾌감이었다. 비극의 무대에 서 있는 배우랄까. 이겨 내지 않으면 쓰러져 죽고 만다는 절실한 감각. 그렇게 되면 폭력은 공포심보다 오히려 투지를 불러일으켰다. 자, 쳐라! 힘껏 쳐 보아라! 그렇게 되면 상대방의 주먹은 타격을 하면서도 별로 위력은 발휘하지 못한다. 적어도 체격이 비슷한 상대라면 말이다.

독구는 복싱 도장에서 배운 듯한 기술을 구사하여 발빠르게 움직이며 연속타를 날렸다. 청운은 두 주먹으로 얼굴만 막은 채 싸움소마냥 한 발짝 두 발짝 나아갔다. 독구는 상대의 복부를 집중 가격했으나 자신의 주먹이 튕겨 나오는 것을 느꼈다. 바람을 꽉 채운 탄탄한 타이어 같았다. '뭐 이런 자식이 다 있어' 하고 그는 중얼거렸다. 때리다 때리다 못해 제풀에 지친 독구는 청운이 가슴팍을 한 대 치자 비틀거리더니 쿵 쓰러져 조장이 열을 셀 때까지 일어나지 못했다. 싱거운 케이오 승이었다. 환호성은 아니었으되 감탄하는 소리가 여기저기서 흘러나왔다. 심판이 손을 들어 주자 청운은 피를 닦으며 쓸쓸한 미소를 지었다.

얼마 후 주변이 정리되자 취침 시간임을 알리는 호루라기 소리가 울렸다. 원생들은 각 조별로 모여 맨바닥에다 담요를 깔고 그 안으로 들어갔다. 널따란 소대 내무반은 형식적인 칸막이만 대충 설치되어 있을 뿐 실상은 방 하나였다. 일백여 명의 원생이 그곳에 빈틈없이 지그재그로 누워 새우잠을 자야 했다. 조장들은 그 인간 바다 위로 걸어다니며 소리쳤다.

"만일 내 발이 빠지면 경칠 테니 바짝바짝 붙어!"

여기저기 억눌린 신음 소리가 흘러나와 기괴한 밤을 만들었다.

'내가 너무 만만하게 생각했어. 여기는 일반적인 수용소가 아닌 듯해. 말 그대로 인간 도살장이랄까? 선감학원만 해도 비록 외딴섬에 있기는 했어도 간혹 마을로 나가 수영도 하고 고구마도 캐서 구워 먹을 수 있었는데. 여기는 부산 시내에 자리 잡은 복지원임에도 한층 더 외떨어진 절해고도처럼 느껴져. 높디높은 회색 콘크리트 벽 때문만은 아냐. 여기서는 마치 인간이 인형이나 동물 같아. 사람의 감정을 지닐 만한 조금의 여유도 없으니까. 약간의 실수도 결코 눈감아 주는 일 없이 곧장 몽둥이로 두드려 패 병신을 만들거나 쥐도 새도 모르게 죽여 파묻어 버린다니까.'

청운은 찢어진 입속에서 흐르는 피를 삼키며 생각에 잠겼다.

'무슨 방도를 찾아야만 해. 잠시도 긴장의 끈을 늦추지 말고 창의적으로 삶의 출구를 모색해야 한다고. 이곳은 복지원이 아니라 죽음의 집이야. 무슨 방도가 없을까?'

궁리하는 사이 그는 어느덧 잠 속으로 빠져 들어갔다.

수상한 형제복지원과 비밀결사대

형제복지원의 단풍 비밀결사대

요란한 기상 나팔 소리에 모두들 잠이 깼다. 다시 하루가 시작된 것
이다. 잠보라도 꾸물거리며 누워 있을 수가 없었다. 조장들이 밟고 다
니며 마구 두드려 패기 때문이었다. 잠결에 맞아서 저승으로 갈 원
하는 사람은 없으리라.

꽁보리밥과 시래깃국으로 허기를 채운 원생들은 다시 대열을 지어
강제 노동을 하는 공장으로 들어갔다.

청운은 신입이었으나 권투 시합 때 본의 아니게 드러난 근성 때문
인지 함부로 괴롭히려 드는 사람은 없었다. 하지만 청운은 그런 때일
수록 조심해야 한다고 생각했다. 원생들은 그렇다 치더라도 조장 같은
완장 찬 놈들은 호시탐탐 기회를 노리고 있을 터였다. 일단 한번 손봐

야만 잘 복종하고 허튼 수작 따위를 부리지 않기 때문이다. 그런 다음 말을 잘 들으면 자기들 편으로 끌어들여 원생들을 감시하는 파수견처럼 부려 먹는 것이다. 청운은 겉으로 사근사근 굴며 굽신거렸다.

'한신이라는 영웅도 미래를 도모하려고 깡패 놈들의 사타구니 밑을 기어갔다지 않던가.'

속으로는 그렇게 생각하며 본심을 숨겼다.

점심 식사 후 휴식 시간이었다. 청운은 어제와 마찬가지로 나무 벤치에 앉아 족구하는 풍경을 바라보았다. 원생들은 그 순간만큼은 삶의 고통을 잊은 듯 쾌활한 모습이었다. 높직한 콘크리트 벽마저 그다지 위압적으로 보이지 않았다. 하지만 그 벽은 엄연히 거기 서서 그들을 감금하고 있었으며, 30분의 시간이 끝나는 순간 더 높아 보일 것이 분명했다.

"뭘 그리 깊이 생각하고 있어?"

짱구가 옆에 와 앉으며 말했다.

"인간이 사는 이유는 뭘까?"

청운은 짐짓 우울한 표정으로 대꾸했다.

"야, 안 어울리게 너무 철학적이다야. 그냥 물처럼 살아 보는 거지 뭐. 별것 있겠어."

"물처럼?"

"가다가 둥근 그릇을 만나면 둥글게, 네모 그릇 속에 들면 네모지게, 세모라면 세모답게, 그런 거지 뭐."

"너무 수동적이지 않냐?"

"물더러 수동적이라면 물이 섭섭해 하겠지. 내 생각에 물은 아주 능동적인 것 같아."

"가만히 갇혀 있는데도?"

"그래. 설령 세모 그릇 속에 담겨 찌그러져 있더라도 물 자체는 수동적이기보다 언제나 능동적인 얼굴이야. 이상스럽게도 말야. 물은 갇힌 듯 가만히 있지만 결코 체념하거나 절망해 버린 것 같진 않아. 늘 흘러가는 자신의 본성을 유념하고 있다가, 어떤 기회만 오면 철통이든 콘크리트 벽이든 깨부숴 버리고 다시 제 길로 흘러가잖아."

"여기서도 그럴까?"

"글쎄, 이곳 형제복지원에서라면…… 잘 모르겠군."

둘은 한동안 말없이 흐린 하늘을 쳐다보았다. 이윽고 짱구가 말했다.

"야, 그래도 한 가닥 희망이라도 갖자고. 난 그런 허망한 생각이라도 하지 않으면 숨막혀서 못 살 것 같아."

"그래야겠지. 난 밤에 별스런 꿈을 꾸기도 해."

"어떤 꿈?"

"영화 같은 이야기이지 뭐."

"뭔데 그래?"

"이야기해도 되려나 몰라. 좀 비밀스런 공상인데……."

"짜식, 내 비밀 지킬 테니 걱정 말고 꺼내 봐."

"비밀스런 공작대 혹은 결사대를 만들어 나쁜 원장 이하 완장 차고 껄떡거리는 조장 놈들을 혼내 주는 꿈."

"하하, 정말 꿈도 좋군. 흐흠, 근데 과연 여기서 그런 일이 가능할까? 영화에서라면 모르지만 말야."

"그래서 애시당초에 일장춘몽 같은 꿈이라고 했잖아. 괜한 소릴 했네."

그때 조장이 호루라기를 불어 집합하라고 재촉했다. 인원 점검을 마치고 각자 공장으로 들어갈 때 짱구가 히죽 웃으며 속닥거렸다.

"뜻 있는 곳에 길이 있다잖아. 나도 관심이 생겨. 되든 안 되든 일단 계획이라도 한번 세워 보자."

청운은 대답 대신 미소를 지어 보이고는 급히 걸어갔다.

그날 밤 담요 속에 누운 청운은 공상의 나래를 펼치되 좀 더 구체적으로 현실을 생각하면서 나름 계획을 짜 나갔다.

형제복지원 단풍 비밀결사대

그렇게 이름을 붙이고 나자 목표가 좀 더 분명해지면서 어떤 힘이 마음속에 생겨나는 듯싶었다. 대원으로 누구를 포섭해서 어떻게 끌어들일지, 단훈은 어떻게 정할지, 실제로 어떤 활동을 어떤 방법으로 수행할지 등 온갖 상념이 머릿속에 떠올라 빙빙 맴돌았다.

무엇보다 중요한 일은 사실을 제대로 파악하여 바깥 세상에 알리는 것이 아닐까 싶었다. 물론 원생들의 힘을 모아 데모를 해서 원장과 그의 부하 놈들을 깡그리 단죄한 후 몰아내는 것이 더 화끈하겠지만, 현재의 삼엄한 경계 상태로 봐서는 불가능에 가까울 성싶었다.

짱구 녀석이 눈치 빠르고 머리가 꽤 잘 돌아가는 듯하니 내일 의논해 보리라 생각하며 청운은 시나브로 잠들었다.

다음 날 만났을 때 짱구는 빨간 단풍잎 하나를 들고 와서 청운에게 내밀었다.

"뭐야?"

"결사대를 만들려면 상징 하나쯤 있어야지."

짱구는 히죽 웃으며 대꾸했다.

"그래, 무슨 뜻이지?"

청운은 정색을 하고 물었다.

"별 뜻은 없어. 그냥 날아와서 어깨 위에 앉기에 문득 생각이 들었지 뭐."

"그럼…… 우리 붉은 심장의 꿈이라고 생각하자."

"후훗, 꿈보다 해몽이 좋군."

"모든 목표는 현실보다 더 나아야 하니까."

"가능성이 있을 것 같아?"

"지금으로서는 암담한 상태야. 하지만 처음부터 쉬운 일이 어디 있겠니. 너무 욕심부리지 말고 반 걸음씩, 한 걸음씩 나아가 보자. 체념한 채 가만히 있는 것보다는 나을 테니까."

그 말은 청운이 자기 자신에게 하는 조언이기도 했다.

"까딱하다가는 죽을 수도 있어. 실제로 한 달 동안 여러 명이 맞아 죽는 것을 두 눈으로 보았다고."

"최대한 조심해야겠지. 우선 오늘은 결사대 이름을 짓는 것으로 만족하자."

"뭐라고 할래?"

"단풍, 어때?"

"단풍 비밀결사대…… 그럴듯하군, 후훗."

둘은 악수를 나누었다. 그리고 나지막한 목소리로 대원 모집을 비롯한 제반 사항에 대해 서로 의견을 주고받았다. 그때 호루라기 소리가 울려 퍼졌다.

일반 사회와 다른 강제수용소인지라 결사 일은 생각만큼 쉽지 않다.

청운은 서두르지 않고, 우선 형제복지원 실상을 조금이라도 더 정확히 파악하기 위해 애썼다. 복마전 같은 곳이었기에 그마저도 결코 녹록지 않았다. 그러나 청운은 조금씩 끈질기게 정보를 수집해 나갔다. 거대한 바윗돌도 한 방울 한 방울 떨어지는 낙숫물에 구멍이 뚫리지 않던가.

오래 전 제주도를 방랑할 때 어느 동굴 속에서 보았던, 천정에서 천천히 똑똑 떨어지는 석회수가 수천 년에 걸쳐 이룬 기기묘묘한 광경에 내심 감탄하지 않았던가. 또한 북파공작원 훈련을 받을 당시에는 산속에 아지트를 파고 들어가 홀로 기나긴 시간을 견디며 인내력을 기르지 않았던가.

세월은 느릿느릿 흘러 어느덧 청운이 형제원에 입소한 지도 한 달쯤 되었다. 언젠가 짱구 녀석이 말했듯 수많은 원생이 악랄한 폭행에 하나둘씩 죽어 가는 모습을 직접 보기도 했고, 자기 자신도 매타작을 당하며 이를 악물기도 했다.

여자 소대 옆에는 영유아 소대가 있었다. 여자가 임신하면 중절시키지 않고 낳게 했는데, 어린아이를 빌미로 삼아 국가 지원금을 이중, 삼중으로 타 먹을 수 있기 때문이었다.

형제복지원 속에는 더 작으면서도 악랄한 형제원이 있었다. 러시아 인형 마트료시카 같다고나 할까. 어린이 소대의 대여섯 살짜리 녀석들도 어른들을 흉내 내어 원장, 중대장, 소대장 따위 완장을 대충 만들어 찬 채 자기보다 힘없는 아이를 괴롭혔다. 그런 해괴한 광경을 보면…… 과연 인간이란 무엇인지, 신은 어디 있는지, 세상의 악과 인간 내면의 악은 어디서 비롯되었는지 궁금했다.

눈앞의 처참한 몰골을 보면서도 어떤 도움조차 줄 수 없다는 사실이 안타깝고 가슴 쓰렸다. 그렇기 때문에 결사대가 꼭 있어야 한다고 절감했다.

어느 날, 청운은 같은 목공반에서 일하는 철수라는 아이에게 다가갔다. 고참들이 잠시 일손을 놓고 담배 한 모금 피는 시간이었다.

"힘들지?"

"아, 형이구나. 좀 힘들기는 해."

"자, 물이나 한잔 해."

"응. 고마워."

녀석은 목이 탔던지 물을 꿀꺽꿀꺽 들이켰다.

철수는 악기 소대에서 아코디언을 연주했는데, 특별한 연습이 없을 때는 목공반으로 와서 일했다. 무슨 행사가 있을 때는 바쁘지만, 평소에는 가장 편한 곳이 악기 소대였다. 녀석은 작업 중에도 곡조를 흥얼거리거나 휘파람을 불다가 뒤통수를 얻어맞고는 했다. 금방 울적해지기도 하고 금방 쾌활해지기도 하는 성격이었다.

"학교 공부는 재밌냐?"

"그저 그렇지 뭐. 말이 학교지 사실은 작업장이나 별 다름 없어."

"그래도 주어진 기회니까 열심히 해."

"응."

형제복지원 내에는 초·중·고등학교 과정의 학업반이 있었다. 명색이 정부 지원금을 받는 복지원이라 그런 모양이었다. 아동이나 청소년이라고 모두 다 갈 수 있는 것은 아니었고, 아이큐 검사를 하여 머리가 좋고 품행 또한 단정하다고 인정받아야 보내 주었다. 인간의 능력을 계발하여 성장시키는 교육 목적보다는 정부 측에 보여 주기 위한 전시용 시설이라고 할 수 있었다. 그래도 어쨌든 경쟁률이 치열해서 학교에 가 보지 못하는 일반 원생들은 무척 부러워했다.

"선생님들은 잘 가르쳐 주시니?"

"그저 그래."

"아니 왜?"

"궁금해서 물어보면 잘 모르는 것도 많은 것 같아. 하기는 뭐 들리는 소문에 교사 자격증 없는 원장 친척이 대부분이라고 하던걸. 돈을 내고 들어온 선생도 있고 말야."

"그래도 좋은 선생님을 찾아서 잘 보여 봐. 혹시 도움을 받아 외갓집으로 돌아갈 수도 있을지 모르잖아."

"형이 몰라서 그래. 그 선생들은 우리들을 잘 가르쳐서 사회로 내보내려 하기보다 감시하고 훈련시켜서 이곳 감시자로 만들려는 것 같아."

"감시자라고?"

"그래. 이곳 원생들을 감시하는 감시자. 아니, 염탐꾼이라고 할까."

"야, 목소리 더 낮춰. 누가 들을라."

"응."

"좋은 목적을 위해 하는 염탐은 필요하지 않을까?"

"글쎄……."

"혹시 편지를 써서 좀 부쳐 달라고 부탁할 만한 사람은 없니?"

"무슨 편지?"

"그냥 안부 편지."

"힘들 거야. 선생들도 조심을 많이 하거든. 아이들을 동정해서 도와주었다가 문제가 생겨 쫓겨난 좋은 선생님도 있었대. 요즘 선생들은 교육자라기보다 원장과 복지원을 선전하는 마이크인 것 같아."

"흐, 그렇구나. 악기 소대 분위기는 요즘 어떠니?"

"의외로 빡센 편이야. 특히 최고참 형이 괴팍해. 박자가 조금만 틀려도 쇠파이프로 마구 때려. 마이크 대에서 뽑은 쇠파이프는 맞으면 상처가 오래 가. 자기 말을 잘 듣는 어린아이들은 무척 귀여워하는데 거절하거나 하면 자꾸자꾸 괴롭혀. 요구하는 것이 너무 더러워서 구역질이 나오더라니까."

철수는 갑자기 입을 다물고는 고개를 푹 숙였다. 청운은 그의 어깨를 매만지며 말했다.

"알겠어. 무슨 말인지……. 그래서 요즘 네 얼굴에 근심이 어려 있었구나. 나도 예전에 선감도에 있을 때 당해 봐서 그 기분 잘 알아. 그래도 힘내. 무슨 수가 있겠지."

그때 작업 반장의 걸걸한 목소리가 들려왔다.

"야, 이제 그만 시시덕거리고 일을 해! 모두 제자리로, 실시!"

청운은 진심이 담긴 손길로 철수의 등을 두드려 주고 돌아서며 저도 모르게 이를 악물었다. 지금 생각해도 치욕스런 선감도에서의 그 기억…….

그는 고개를 흔들어 떨쳐 내 버리려고 애썼다.

그때는 마침 점심 식사 후 휴식 시간이었다. 청운이 화단에 핀 채송화를 바라보고 있는데 뒤에서 누가 불렀다. 돌아보니 왕거미 사장이었다.

청운은 그때 마침 관찰하고 있었던 거미줄 속 벌레를 떠올리며 몸을 부르르 떨었다. 벗어나려고 몸부림칠수록 더욱더 거미줄 속으로 얽혀 들던 풍뎅이의 몸…….

"너 잠깐 이리 와 봐. 저기 가서 나무 한 그루 베어 와야 한단 말이야."

왕거미 사장은 손에 들고 있던 톱을 슬쩍 흔들어 보였다.

"예."

"서둘러!"

"예."

청운은 왕거미 사장의 뒤를 따라 사동 뒷산으로 올라갔다. 한 발짝 한 발짝 오를수록 푸른 바다가 조금씩 조금씩 전체적으로 조감되었다. 가까이에서는 희비애락을 느끼게 하던 바다도 멀리서는 무정해 보였다.

선돌처럼 커다란 바위 옆의 늙은 소나무를 지나치는 순간 왕거미 사장이 말했다.

"멈춰!"

청운은 잔뜩 겁에 질려 로봇처럼 멈춘 후 목구멍에서 겨우 말마디를 끄집어냈다.

"예?"

"저기 바다 보이지? 수영한다치고 옷을 벗어 봐."

청운은 엉겁결에 바지춤을 꽉 움켜잡았다. 왕거미 사장은 손바닥으로 소나무와 청운의 목을 번갈아 두드렸다.

"어느 것을 먼저 자를까?"

그러면서 톱을 청운의 눈앞에 대고 흔들었다. 청운은 거미줄에 걸린 벌레처럼 벌벌 떨기만 했다.

"저기 저 바다를 건너면 육지가 나와. 가고 싶지 않니? 말만 잘 들으면 내가 곧 보내 줄 수 있어."

그러면서 청운의 몸을 껴안고는 아랫도리를 슬슬 어루만졌다.

"전 싫어요!"

청운은 온 힘을 다해 저항하며 소리쳤다. 왕거미 사장은 주머니 속에서 맥가이버 칼을 꺼내 날을 세우더니 음충스레 중얼거렸다.

"조금만 움직이면 고냥 팍 모가지를 쑤셔 버린다. 너 따위 하나 없어져도 아무도 몰라. 죽기 싫으면 고냥 고대로 가만히 있어."

서늘한 칼날의 감촉이 목덜미에 닿아 조금씩 파고들자 청운은 온몸이 경직되었다.

칼이 아니더라도 청운은 이미 거미줄에 걸린 벌레처럼 꼼짝할 수가 없었다. 왕거미 사장의 억센 완력은 어린 팔의 날갯짓을 손쉽게 제압하고도 남았다.

"악!"

청운은 날카로운 칼날이 목을 파고드는 것보다 더 심한 통증을 아랫도리에 느끼며 비명을 질렀다. 소나무 앞에 어린 제물을 엎드리게 한 왕거미 사장은 씩씩거리는 한편 소곤거렸다.

"울지 마, 임마! 이건 별일이 아니야. 네가 아직 몰라서 괜히 무슨 큰일처럼 착각하는 거야. 그래도 이건 우리 둘만의 비밀이란 걸 꼭 명심해야 해."

왕거미 사장은 주머니에서 녹아 빠진 사탕을 하나 꺼내 청운의 손에 쥐어 주고는 산을 내려가 버렸다.

청운은 사탕을 던져 버렸다. 검은 개미들이 금방 달라붙어 빨아 먹었다. 청운은 풀숲 위에 몸을 던졌다. 그러고는 훌쩍훌쩍 울었다. 청운은 눈물을 닦고 천천히 일어났다. 그래도 또 새로운 눈물이 고였다.

그날 밤, 청운은 시멘트로 된 방바닥에 누운 채 골똘히 생각에 잠겼다.

'그런 사악한 놈은 가만 놔두면 안 돼. 그런 놈들이야 희희덕거릴 테지. 아이들 마음속에 평생의 상처로 남는다는 사실도 모른 채 이기적으로……. 그 당시에는 힘이 없어 당했지만 이제 응징할 방법을 찾아야 해.'

그는 떨리는 가슴을 누른 채 이런저런 아이디어를 구체화시켜 보려고 생각에 몰두했다. 가슴속에서 두려움과 희열이 교차하는 것 같았다.

작전 1,
반장 완장을 찬 밴드마스터를 제압하라

　다음 날 휴식 시간에 벤치에서 짱구와 만난 청운은 마음속 울분과 생각을 털어놓았다. 짱구는 눈살을 잔뜩 찌푸리며 말했다.

　"그런 일이 많이 있대. 힘센 놈들, 특히 붉은 완장 찬 개놈 새끼들이 곱상한 아이들만 골라 괴롭힌다는 이야기야. 열 살도 안 된 아이들까지 말야."

　청운의 머릿속에 한 아이가 떠올랐다. 신입 소대에서 보았던, 엄마가 보고 싶다며 울먹이던 아이였다. 그런 죄 없는 아이들이 이 지옥 같은 곳으로 끌려와 고통을 당하다 망가지는 모습을 상상하면 심장이 얼어붙는 것만 같았다.

　"우리 단풍 비밀결사대 제1호 임무로 정하면 어때?"

　　　　　　　　　　　　　　　　수상한 형제복지원과 비밀결사대

청운이 물었다.

"좋아. 한번 시도해 보자. 일벌백계라는 말도 있잖아. 우선 한두 놈 제대로 족쳐 놓으면 다른 놈들도 겁을 먹을 테니까."

"일벌백계라…… 음, 단풍 비밀결사대의 모토로 정해도 되겠어."

"후후, 그렇게 된다면 좋지. 자, 그런데 어떤 좋은 방법이 있을까?"

짱구 녀석은 툭 튀어나온 이마를 검지 손가락으로 톡톡 두드렸다.

"일단 철수한테 좀 더 정보를 얻어내야 해. 그놈의 소속과 동선, 취미, 버릇 등……."

"혹시 악기 소대 연습실 같은 데 혼자 있는 시간은 없는지 정확히 알아봐. 그런 놈들은 남들이 일할 때 연습한답시고 틀어박혀 낮잠을 즐기기도 하니까."

"응. 그럼 나중에 봐. 저놈의 호루라기 소리 지겨워."

둘은 눈인사를 나눈 후 헤어졌다.

단풍 비밀결사대의 뜻은 좋을 수도 있었다. 그리고 공상을 통해 욕구 불만을 해소하는 것 또한 살아가는 데 도움이 되었다. 하지만 거사를 실제로 행하는 문제 앞에는 여러 가지 위험이 도사리고 있었다.

우선 형제복지원은 선감학원보다 훨씬 더 통제와 감시가 심했다. 그런 철저한 감시망을 뚫고 나가 은밀히 고참 원생에게 어떤 테러를 가한다는 것은 보통 일이 아니었다. 뭔가 비상하고도 특별한 수단이 필요했다.

과연 어떤 방법이 좋을까?

청운과 짱구는 며칠 동안 힘써 머리를 굴렸지만 뾰족한 수를 찾지 못하고 있었다. 더구나 발각이라도 된다면 일반적인 처벌이 아니라 죽음과도 같은 폭행이 자행될 것이 뻔했으므로 극도로 조심하지 않을 수 없는 형편이었다.

'아, 이렇게 허무하게 포기해야 한단 말인가!'

청운은 안타까운 마음으로 탄식했다.

'아냐, 포기하기는 일러. 아직 채 시작도 하지 않았는데 포기라니! 하늘은 스스로 돕는 자를 돕는다고 하지 않던가? 아직 보지 못했을 뿐 어딘가 구멍이 있을 거야. 그것을 찾아내야만 해. 마음의 샘터인가 하는 책에서 언젠가 이런 구절을 읽은 적이 있어. 어떤 큰 사업을 할 때는 자기 고집대로가 아니라 하늘의 뜻과 자연의 흐름에 따라야 한다고. 나도 그렇게 해야 좋을 거야. 고집 같은 것이 내 눈을 막아 방법을 찾지 못하는지도 모르니까 말야.'

그는 눈을 감고 생각에 잠겼다.

'그래, 그리고 이 문제도 한번 깊이 생각해 봐야겠어. 내가 어떤 사람을 내 고집대로 응징하는 것이 과연 하늘과 자연의 뜻에 맞는 일인지……'

짱구도 나름대로 어떤 방법이 좋을지 고민을 많이 한 모양이었다. 다음번에 만났을 때 그는 이런 이야기를 꺼냈다.

"형제복지원은 정말 하나의 괴왕국인 것 같아. 조금만 잘못해도 때려 족쳐서 반병신을 만들거나 죽이는 짓을 다반사로 하니, 원생들이 잔뜩 얼어붙어 인간성을 잃고 로봇처럼 변해 가는 것이 아닌가 싶어. 그렇다 보니 어떤 틈을 찾기가 쉽지 않아."

"그건 나도 동감이야."

"그나마 조금 허술한 지점은 교회와 도서관이야. 특히 교회의 변소. 만약 그곳으로 놈을 꾀어낼 수 있다면……."

"한번 잘 궁리해 보자."

"그래."

"그럼 나중에……."

낮 동안의 고된 노동으로 밤에 잠자리에 들면 모두들 녹초가 되어 곯아떨어졌다.

청운은 눈을 감은 채 피로를 삭이면서 가능하면 한 시간 정도는 잠에 완전히 빠지지 않으려고 애썼다. 물론 생각할 문제도 많았으나, 반수면 상태에서 의외로 좋은 아이디어가 생성된다는 사실을 여러 번 경험했기 때문이다. 그리고 사실 완전히 잠의 구덩이에 빠지는 것보다 아슴아슴한 상태에서 삶의 고통을 되새김해 보는 묘미가 없지 않았다. 마치 허공에서 줄타기를 하는 사람의 심정이랄까.

'혹시……. 철수 녀석을 이번 작전에 한번 투입해 볼까? 녀석이 어떤 수를 써서 밴드마스터인가 뭔가 하는 그놈을 유인해 내도록 하는 거지. 가능성이 있을 것 같은데……. 아냐, 아니야. 작전이 성공하더라도 만일의 경우 혹시 철수가 곤경에 처할지도 몰라. 조금이라도 그 아이

의 흔적을 남겨서 뒤탈이 생기게끔 해서는 안 된다고.'

그런 공상과 몽상을 하는 도중에 저도 모르게 잠에 빠져들었다.

며칠 후 짱구를 만나 토의한 결과 약간 절충적인 '낚시' 방법을 써 보기로 결정했다. 우선 철수에게 밴드마스터 놈이 아끼는 물건 중 하나를 슬쩍 가져오게 한다. 놈이 찾아 헤맬 때 물건 대신 쪽지 하나를 그 자리에 역시 슬쩍 놓아둔다. 내용은 이렇다.

네놈의 보물을 찾을 방법이 전혀 없는 것은 아니다. 다만 말을 잘 새겨듣고 엄격히 실행해야만 한다. ○월 ○일 정각 ○시까지 ○로 오라. 만일 정시에 오지 않으면 네 보물은 영원히 찾을 수 없으니 명심해라! 너 혼자 와야 하며, 우리 정체를 알려고 하지 말고 어디 가서 발설하지도 마라. 그랬다가는 결국 네게 죽음이 선물로 돌아 갈 것이다.

이 보물을 찾아가려면 우리에게도 뭔가 교환물을 내놓아야 한다. 우리에게 필요한 것은 너 자신의 '심벌'이다. 잘 이해되지 않는다 면 네 몸의 가장 중요한 물건이 무엇인지 생각해 보라. 힌트 하나 줄까? 그것은 바로 네 양심과도 통한다. 네가 이 형제복지원에서 저지른 죄악을 모두 내려놓고, 그동안 착복한 쌈짓돈을 가져온다 면 네 보물을 돌려주겠다.

쪽지를 딱지 모양으로 접고 그 사이에 단풍잎을 하나 끼워 둔다. 청운이 짱구의 머리를 만지며 칭찬하자 녀석은 쓴웃음을 지었다.

계획은 면밀한 검토를 거쳐 착착 실행되었다. 철수가 훔쳐 온 애장품은 일명 만능 칼로 불리는 맥가이버 칼이었다. 짱구는 작은 악기 또는 큰 악기의 부품을 빼 오는 것이 확실하다고 제안했으나 청운이 반대했다. 악기 소대의 공유 물품이 분실되면 전면적인 조사가 벌어질 것이 뻔했다. 반면 놈의 사유물이라면 형제복지원 측에서 굳이 나설 이유가 없었다. 더구나 맥가이버 칼 같은 경우 용도가 다양하여 살상용 혹은 탈출용으로 사용할 수 있기에 놈이 자기 소지품을 분실했다고 떠들어 댈 까닭은 없었다. 만일 그랬다가는 자기 자신이 먼저 구금되어 요절이 나고 말 터였다.

철수 말에 따르면, 놈은 실제로 그 날카로운 칼날로 어린 원생들을 위협해서 제 욕심을 채우기도 했다는 것이다. 사실 맥가이버 칼이 좋겠다고 주장한 사람은 그 위협을 눈앞에서 직접 당해 본 철수였다. 칼은 오래되어 낡았지만 얼마나 닦았는지 반들반들 광채가 났다. 철수는 그것을 보며 입술을 파르르 떨었다.

쪽지는 짱구가 일부러 왼손으로 썼다. 필체가 들통나지 않게 하기 위해서였다.

철수는 두려움에 떨면서도 다시 용기를 내어 임무를 수행했다. 녀석 눈에 언뜻언뜻 공포의 기색이 감돌았지만 점차 이전의 우울증을 떨쳐 내고 희망의 빛으로 조금씩 밝아져 갔다.

"처음에는 너무 겁이 났었는데, 왠지 이제는 재미있다는 느낌이 없지 않아요. 복수하는 기분도 있고……. 나뿐만 아니라 다른 아이들의 고통도 막아 주는 일이라 자랑스런 마음도 들어요. 어려운 상황도 마음먹기에 따라 달라지는가 봐요. 밴드마스터 새끼는 요즘 눈에 띄게 초조해 하고 있더군요. 숨기려 해도 다 보여요. 물건을 잃어버렸을 때는 허둥지둥하더니, 쪽지를 읽은 후에는 꽤나 불안한 눈치예요. 그리고 어제부터는 심각한 표정으로 이럴지 저럴지 고민하는 모양이더라고요."

철수는 애써 알아낸 정보를 보고했다.

이윽고 약속 날짜가 눈앞으로 다가왔다. 과연 놈은 나올까? 혹시 은근히 악당 패거리를 모아 끌고 나오지는 않을까? 여러 가지로 걱정이 많이 되었다. 조금의 허점이나 실수도 용납될 수 없었다. 그것은 곧 치명적인 폭력으로 사망까지 이르게 되므로……. 놈이 만약 이쪽 계획대로 나와 주면 속전속결로 해치운 후 빠져나와야 하며, 혹시 조금이나마 차질이 생기면 미련 없이 포기하고 관망하여 다음 기회를 도모해야 했다. 안 되는 일을 억지로 밀어붙이는 것은 자살행위라고 마음 깊이 두 번 세 번 다짐했다. 인간은 어떤 일을 추진하다 어려운 상황에 놓이면, 일단 포기하기보다 관성과 욕망에 따라 운을 믿고 계속 밀어붙이는 경향이 다분하기 때문이었다. 그런 절제를 하지 못한 결과 청운은 위험의 구렁텅이에 빠져 허우적거려 보기도 했고 그런 사람을 여러 번 만나 보기도 했던 것이다.

수상한 형제복지원과 비밀결사대

거사 당일인 일요일.

일요일은 평일에 비해 조금은 자유로운 편이었다. 자유라기보다 억제의 쇠사슬이 약간 느슨해진달까. 아무튼 그 바늘구멍 같은 틈새를 잘 활용해야만 가능성이 있었다. 오전에 교회 가는 길목에서 기회를 엿보려 했으나, 보는 눈이 너무 많아 어려우리라 판단했다. 그래서 결국 오후에 땅거미가 내려 어두워질 무렵으로 시간을 잡았던 것이다.

청운은 미리 약속 장소로 가서 몸을 숨긴 채 기다리고 있었다. 거무스레한 나무판자의 옹이 틈새로 내다보자, 저 멀리 운동장에서 일주일 만에 모처럼 긴 반자유 시간을 얻어 농구를 하며 괴성을 내지르는 원생들의 모습이 보였다.

'아, 저것은 과연 인간인가 짐승인가? 자유를 쇠사슬에 얽매여 버린 존재의 슬픈 몸부림처럼 보이는구나. 마치 집에서 기르는 가축 같아. 대체 누가 저렇게 만들었는가? 물론 쇠사슬 끝을 쥔 놈들이지만, 개돼지나 소처럼 목이 묶인 채로 복종하는 사람들의 책임도 없지 않을 거야. 나 또한……'

그때 호루라기 소리가 삑 하고 요란스레 울렸다. 순간 하늘 아래 잠시나마 인간이었던 모습이 서서히 인형으로 변해 가기 시작했다. 자유를 잃은 꼭두각시 군상.

청운은 정신을 바짝 곤두세웠다. 이제 곧 5분 이내에 저녁 점호가 시작된다. 만약 참석하지 않으면 일반 사회에서처럼 한 달 변소 청소쯤으로 끝나지 않고 인간 말살의 폭력이 무차별적으로 가해질 것이다.

1초, 2초, 3초…… 청운은 속으로 세며 육감을 동원하여 살피면서 놈이 나타나길 초조히 기다렸다. 신호를 주기 위해 짱구가 변소 입구 부근에 잠복해 있었다. 실제 시간은 10초, 20초, 30초…… 기계적으로 무심히 흘러갔지만 청운의 마음과 머릿속은 곧 터져 버릴 듯 점점 초조해졌다. 그만 포기하는 것이 좋겠다고 느낀 순간, 들릴락 말락 하게 귀뚜라미 울음소리가 멀찍이서 들려왔다. 짱구 녀석이 짐승이나 벌레 소리를 꽤 잘 흉내 내는 재주를 지녔는데, 그것은 가을의 멜랑콜리를 노래하는 진짜 귀뚜라미가 아니라 짱구의 신호음임을 알 수 있었다.

청운은 주머니에서 낡은 양말을 개조해서 만든 복면을 꺼내 급히 썼다. 마침내 놈이 좌표 쪽으로 다가왔다. 놈은 의외로 덩치가 컸고, 음악을 한다는 자칭 예술가치고는 우락부락한 모습이었다. 놈은 한쪽 손으로 코를 막고 눈살을 찌푸렸다. 바로 그 순간 청운은 허허실실 놈의 뒤쪽으로 다가가 일격에 땅바닥으로 자빠뜨렸다. 목의 급소를 움켜쥐자 놈은 컥컥거렸다. 청운은 미리 열어 둔 똥통 구멍 속에다 놈의 대가리를 눌러 넣었다. 그곳은 변소 바로 뒤편 바깥에 설비된 시설로 청소 당번들이 바가지를 넣어 똥오줌을 퍼내는 구멍이었다. 놈은 발버둥치며 버텼으나 청운의 힘을 당해 내지 못한 나머지 똥물을 꿀꺽꿀꺽 삼켰다. 놈이 축 늘어져 신음 소리를 흘릴 때 청운은 침과 함께 한마디 내뱉었다.

"더러운 놈! 니가 반장인지 뭔지 완장 찼다고 위세 부리지만, 모든 원생은 동고동락하는 신세야. 그것을 알려 주려고 이러는 것이니 명심하고 반성해. 다시 한 번 어린 원생들을 괴롭힌다면 그때는 아주 똥통 속에 밀어 넣어 버릴 거야. 그리고 네놈이 아낀다는 보물은 여기서 소지해서는 안 되는 금지품인 만큼 너 대신 똥통 속에 던져 버리겠다. 아깝다면 기어 내려가서 한번 찾아봐."

　말을 끝냄과 동시에 청운은 돌을 하나 집어 복면과 함께 뭉쳐 던져 넣고는 곧장 일어서서 허허실실 뛰어갔다. 물론 놈의 애장품인 맥가이버 칼은 다음 기회에 요긴하게 쓰려고 미리 꽁꽁 감추어 두었다. 저녁 바람이 불자 단풍잎이 우수수 떨어져 이리저리 흩날렸다.

작전 2,
악질 조장 놈을 타격하라

첫 작전은 성공이었다.

철수 말에 따르면 그 후로 반장 놈은 간혹 저도 모르게 치를 떨면서도 사람이 좀 변한 듯 악대 일에만 신경 쓰고 딴 사람을 괴롭히는 짓은 하지 않는다고 했다. 왜 변소 뒤쪽에 쓰러져 있었느냐고 누가 물어보면, 갑자기 구역질이 나서 토하려 가다가 돌에 걸려 넘어졌다고 히죽 웃으며 변명했다. 하기야 사실대로 이야기하거나 상부에 보고했다가는 그 자신부터 먼저 혼쭐이 날 터였다.

단풍 비밀결사대의 세 사람은 운동 시간에 만나 은밀히 미소를 교환했다. 철수 녀석은 그곳이 악마의 성城인지도 모르는 양 들떠 기뻐했다. 가능하다면 호젓한 아지트에서 자축의 샴페인을 터트리고도 싶었지만 유감스럽게 형제복지원에서 그런 호사는 누릴 수 없었다.

호사다마라고 했던가. 며칠 후 달콤한 축배가 아니라 씁쓸한 잔을 들이켜야 할 일이 벌어졌다. 저녁 식사 후 내무반으로 돌아와 휴식을 취할 때 갑자기 소대장이 청운을 지목해서 불렀다.

"야, 너 이리 나와! 지난번에 보니까 권투를 꽤 잘하더군. 오늘 또 한 게임 치러 보자고. 어때?"

여기저기서 환호성과 박수 소리가 났다.

"좋아. 오늘의 우승 트로피는 건빵 세 봉지다! 대신 재미가 없으면 빠따 서른 대로 되돌려 줄 테니 피 터지게 싸워야 한다."

여기저기서 도전자로 나서겠다며 손을 들었다. 그런데 소대장은 고 개를 젓고는 말했다.

"오늘 경기는 좀 더 감동적으로 재미있게 진행해 볼까 한다. 친선 게 임이라는 본래 취지를 되살려서 말이다. 요즘 내가 듣기로 너와 잘 어 울리는 친구가 있다길래 이 자리에 한번 모셔 볼까 한다. 야, 저쪽 3조 소속인 왕짱구 이리 잽싸게 튀어나와!"

헐레벌떡 달려와 선 상대를 보고 청운은 속으로 꽤 놀랐다. 짱구 녀 석은 곤혹스런 표정을 짓고 있었다. 둘의 심정을 아는지 모르는지 소 대장은 빙글빙글 웃으며 지껄였다.

"적과 적이 싸우는 것은 야만적이야. 우리 스포츠는 어디까지나 친 선 게임인 만큼 그 이름에 걸맞게 친한 친구끼리 우정의 파이팅을 직 접 몸으로 보여 주는 거지. 그럼 아마 추억이 될 거야. 흐흐……. 다만 이번에는 장갑을 끼지 않고 맨주먹으로 한판 멋지게 붙는다. 그래야만 우정의 참맛을 마음속 깊이 진하게 느낄 수 있을 테니까. 자, 준비하고 시작해 봐!"

두 사람이 윗도리를 벗고 마주 서자 둘러선 원생들이 조금씩 뒤로 물러서서 인간 링을 만들었다.

"땡!"

조장이 입으로 종을 흉내 내 울렸다. 둘은 자세를 잡고 슬슬 돌며 잽을 날리는 등 탐색전을 펼쳤다. 맨주먹이라 얼굴을 한 대 맞으면 충격도 크고 피가 튀기도 할 터였다. 그래서 둘은 가슴과 배 위주로 살살 때리며 눈치를 살필 수밖에 없었다. 비밀결사대원끼리 용호 상쟁해야 하다니 씁쓸한 노릇이었다. 그때 소대장이 큰 목소리로 다그쳤다.

"저 자식들이 지금 장난하나? 그 따위로 미적지근해서야 진짜 우정의 결투라고 할 수 있겠어? 화끈한 맛이 있어야지. 옛날 옛적에 공자님 왈 맹자님 가라사대 친구 사이에는 열정이, 애인 사이에는 정열이 필요하다고 했어. 즉, 친구를 위해서는 촌철살인의 매운 타격 또한 약이 된다는 이야기이지. 흥, 아무튼 긴말 하지 않겠다! 너희들은 오늘 밤의 오락을 위해 뽑힌 선수들인 만큼 우리 관객들에게 뭔가 재미를 제공해 주지 않으면 반칙이야. 지금 이 순간부터 제대로 하지 않는다면 두 놈다 죽사발이 될 테니 알아서 해!"

2회전 종이 울렸다.

소대장의 말은 꼭 피를 봐야만 만족하겠다는 의미와 같았다. 이를테면 그것은 친선 경기가 아니라, 생존 경쟁과 약육강식이라는 형제복지원의 캐치프레이즈를 원생들의 뇌리에 각인시키고, 인간성이니 우정이니 하는 것은 시멘트 바닥에 패대기쳐 짓밟아 버리려는 아수라 짓거리였다.

청운은 짐짓 심호흡을 한 번 한 후, 마치 유명한 헤비급 챔피언 무하마드 알리처럼 한쪽 주먹을 들어 흔들며 괴성을 질렀다. 그러고는 얼굴을 전혀 방어하지 않고 상대방 쪽으로 다가가며 혀를 쏙 내민 채 웃으면서 약을 올렸다. 얼굴을 들이대고 이리저리 흔들며 때릴 수 있으면 때려 보라고 을러댔다.

짱구는 좀 미심쩍은 눈빛으로 청운의 가슴팍에 원투 펀치를 먹였을 뿐 얼굴은 가격하지 못했다. 순간 청운이 먼저 짱구의 코에 한 방 날렸다. 코피가 주르륵 흘러내렸다. 이어 잽을 몇 번 던져 짱구의 얼굴이 피칠갑으로 변하게 만들어 버렸다. 원생들은 환호성을 내질렀다. 그제야 짱구는 화난 표정으로 씩씩거리며 청운에게 달려들어 안면에 막 주먹질을 했다. 청운은 피하는 척하면서 그 타격을 대부분 맞았다. 이윽고 청운의 얼굴도 피로 물들었다. 그는 좀 심하게 절뚝거리며 맞싸움을 벌이다가 복부에 짱구의 펀치를 맞고는 휘청이며 바닥으로 쓰러졌다. 심판이 시간을 세는 동안 그는 일어서 보려고 애썼으나 결국 주저앉고 말았다. 짱구의 케이오 승이었다.

다음 날 만났을 때 청운이 말을 걸었다.

"야, 코피 터트려서 미안해. 본의가 아니었어."

"나도 알어, 임마! 처음에는 약간 놀랐으나 네 계략을 눈치챘지. 많이 아프지 않았냐? 나도 미안해."

짱구가 대꾸했다.

"괜찮아. 선감도에서 워낙 많이 맞아 봐서 아예 이골이 났어."

"그나저나 혹시 소대장 놈이 무슨 눈치챈 것은 아닐까?"

"앞으로 조심해야겠지. 내 생각에, 아마도 단풍 비밀결사대 문제는 아닌 것 같아. 그저 우리가 자주 어울리니까 어떤 스파이 놈이 밀고를 했겠지. 여기서는 사람끼리 친한 것도 죄니까 말야."

"그래도 결코 방심해서는 안 된다고 봐. 놈들은 전두환 군사 정권이 하는 짓을 곧잘 모방하니까 아마 여기저기 스파이를 배치하여 불순분자를 색출해 내려 할 거야."

"음, 좋은 이야기야. 그럼 우리도 한동안 만나지 말고 조용히 지내자. 마치 권투 시합으로 사이가 틀어진 것처럼……."

"매사에 조심하면 좋지. 그동안 제2차 작전이나 계획해서 아이디어를 떠올려 보자."

"그래."

둘은 누구 보란 듯 남남처럼 헤어졌다.

형제복지원은 지상의 지옥 같은 곳이라 하루하루 견뎌 내기가 정말 힘겨웠다. 불경이나 성경에서 말하는 땅속 저 밑의 지옥이 아닌 현실 세상에 인간이 만들어 세운 인간 도살장…….

수상한 형제복지원과 비밀결사대

원장 박인근은 천사의 가면을 쓴 괴인이었다. 악귀와 괴물이 인간의 형상 속에 들어 있달까. 그는 허우대가 좋고 얼핏 보아 호인형이었다. 거무죽죽하고 두꺼운 낯가죽에 늘상 자기 나름의 주관적인 미소를 짓고 있었는데, 원생들은 독사가 눈을 번득이는 것 같아 마음속으로 더 두려워했다.

박정희와 전두환 대통령에게서 훈장을 받은 박인근은 기고만장하여 "하면 된다! 안 되면 되게 하라!"라고 외쳐 대며 형제복지원을 약육강식 적자생존의 콘크리트 속 정글로 만들어 갔다.

모든 것이 다 그랬지만 운동 시간에 벌이는 기마전은 생존 경쟁의 하이라이트였다.

일반 학교 운동회에서도 기마전은 부족 간 전쟁인 양 꽤나 치열하다. 그런데 형제복지원 운동장에서는 진짜 살벌한 사투가 벌어졌다.

말 머리의 깃발을 빼앗는 것이 전부가 아니었다. 상대 팀을 완전히 침몰시켜야 승리하는 말 그대로 약육강식의 상징적인 정글전이었다.

위쪽에 걸터앉은 반인반마半人半馬를 떨어지지 않게 잘 떠받치면서 밑쪽에서는 치열한 육탄전이 벌어졌다. 서로 악을 쓰며 주먹질과 발길질을 주고받았다. 쓰러지는 사람은 양편 모두에게 짓밟혔다. 그 결과 수많은 원생이 눈을 다치고 코뼈가 부러졌으며 생니를 잃었다. 심지어 뇌진탕으로 숨지는 경우도 있었다.

그런데도 원장은 승리 소대에는 라면 따위 상을 내리고 패배한 소대에는 빠따를 치도록 명령했다. 때로 원생들은 원장 지시에 따라 매를 맞으며 '적자생존! 약육강식!'이라고 구령을 붙이기도 했다.

상상 속 지옥보다 오히려 더 참혹한 일이 시시각각 비일비재로 벌어지는 곳이었다. 오늘 살아 있는 사람이 내일이면 볼 수 없는 경우도 흔했다. 하물며 친한 사람이 바로 눈앞에서 폭행을 당해 고통받다 죽어버리는 모습을 보게 되면 인간으로서 존재감마저 사라졌다. 완장을 차지 않은 보통 원생들은 모두 마찬가지였고, 그것은 청운 또한 똑같았다. 다만 마음속에 비밀결사대의 각오를 새김으로써 하루하루를 버텨나갈 뿐이었다.

- 악을 징벌하고 선을 구한다!
- 사명감을 갖되 자랑하지 않는다!
- 끝까지 인간성을 잃지 않는다!

짱구와 함께 마음을 맞추어 만든 단훈이었다. 어려운 상황에서도 그것을 외우면 힘이 났다. 인간이 만든 지옥이라면 인간의 힘으로 천국도 만들 수 있지 않겠는가? 물론 현실적으로 어려움이 많은 것은 사실이었다. 어쩌면 거의 불가능하다고 할 수도 있는 상황이었다. 하지만 그래도 지옥 속에서 가만히 있기보다 작은 천국이나마 만들려고 노력하는 것이 훨씬 가치롭지 않겠는가? 지금 당장은 어렵겠지만 원생 한 사람 한 사람이 눈을 떠 원장 이하 완장 찬 놈들을 몰아낸다면 말 그대로 진짜 형제복지원으로 재탄생하지 않겠는가 싶었다.

사실상 지금 당장 수십 명 정도가 힘을 모아 궐기한다더라도 경비대의 폭압에 희생되고 말 터였다. 희생자의 핏방울이 일부 원생들 마음에 점을 찍을지언정 과연 그것이 얼마나 가겠는가. 너무 큰 계획을 세우기보다 작지만 현실적으로 가능한 일을 조금씩 실행해 나아가는 것이 훨씬 더 효과적일 듯싶었다. 소리 소문도 없이 착착 진행하여 마치 봄바람처럼 원생들의 얼어붙은 마음을 녹이고 생명이 숨쉬게끔 하는 것이 좋을 것 같았다. 스스로 가슴을 열어 봄 향기를 호흡하고 생명의 꿈틀거림을 감지할 때, 악마의 철조망이 아무리 높더라도 이곳 자체는 복지원 천국으로 서서히 변화해 가지 않겠는가? 바로 원생들 스스로 이루어 내는 형제복지원!

그러기 위해서는 시간이 좀 걸리더라도 인내심을 갖고 작은 일부터 착착 이루어 나가야 한다고 청운은 다시금 생각했다. 사람은 목석이 아니라 생명체이기 때문에 아주 미세한 숨소리일지언정 어느새 느끼고 받아들여 마침내 새싹을 틔울 줄 아는 존재인 것이다. 절망과 공포를 넘어 희망과 용기에 대한 메시지를 던져 줄 수 있다면 그것만으로도 비밀결사대 의미는 충분할 성싶었다.

형제복지원에서 가장 얄미운 놈들은 조장이라는 완장을 찬 자들이다. 사악하기로 치면 물론 박인근 원장 이하 중대장과 소대장 등이 더 심하겠지만, 그들의 명을 받들어 최일선에서 원생들을 괴롭히는 하수인이 바로 조장 놈들이었다. 그들 또한 일개 원생에 불과한 신세이면서도 제 마음을 악마에게 저당잡힌 졸개처럼 인정사정없이 무자비하게 일반 원생들을 난도질했다. 하기야 만일 무슨 불상사가 생기면 소대장이 조장을 닦달하게 되고 나아가 완장도 빼앗겨 버린다. 그러면 자기 또한 일반 원생으로 전락하여 새로운 조장에게 비참한 꼴을 당하게 되는 것이다. 아니, 오히려 여러모로 한결 더 괴롭힘을 당하는 처지에 빠질 수도 있기에, 기를 쓰고 악인의 수족으로써 극악을 떨어야 하는 셈이었다.

형제지옥원에서는 설령 사람을 폭행해서 죽이더라도 규율 엄수와 질서 유지를 위해서는 허용했으므로, 또한 군대식 규율이 흐트러지면 살인죄보다 더 중시하여 조장부터 조져 댔으므로, 놈들은 생존 경쟁의 최전선에서 악마 로봇처럼 온갖 죄악을 저질렀던 것이리라.

'어찌 보면 그놈들이야말로 불쌍한 존재라 할 수도 있지. 반성할 기회도 갖지 못하니까 말이야. 적어도 붉은 완장을 차고 있는 동안은……. 사람이든 늑대든 뭔가 반성할 기회가 있다면 좋은 방향으로 바뀔 가능성이나마 존재할 테지만, 그렇지 못하면 죄악을 죄악인 줄 모른 채 그 구렁텅이 속으로 더 깊이 빠져들겠지. 그러면서도 제 놈들이 무슨 박인근 원장의 호위대나 암행어사인 양 거들먹거리니 더 얄미워.'

청운은 어둠 속에 누운 채 심호흡을 했다. 모두 잠든 시간에 홀로 깨어 생각에 잠겨 있자니 고독하면서도 저 먼 하늘의 별을 가슴속에 품은 느낌이었다.

'아아, 저 별들이 제자리에 멈추어 있는 듯 보이지만 사실은 시시각각 우주 속을 돌며 제 임무를 다하고 있듯이, 눈에 보이지 않지만 이 세상과 인간들 그리고 나 자신 또한 변하고 있겠지. 보이지 않는 변화! 그러기 위해서는 현실이 암흑일지라도 절망하지 말고 목표를 향하여 한 걸음씩 나아가야지. 그것이 안 되면 반 걸음씩이라도……. 설령 목표가 희미해져 보이지 않더라도 저 별들처럼 늘 반짝여야만 해!'

청운은 마음속으로 다짐하며 눈을 감고 잠이 들었다.

제2의 작전은 짱구와 상의하여 악질적인 조장 놈들을 골라 타격하기로 결정했다.

"그놈들 몇 명 족친다고 해서 형제지옥원이 형제천국원으로 바뀌지는 않겠지. 그래도 경각심을 울리는 의미는 있을지 몰라."

짱구가 말했다.

"너무 큰 기대는 하지 말아야지. 설령 만에 하나 그놈들이 반성해서 조금이나마 사람답게 변한다면 아마 곧 교체해 버릴 테니까. 더 악독한 놈으로 말야."

청운의 의견이었다.

"그래도 소리 없는 소문이 나서 원생들 속으로 퍼져 들겠지 뭐. 그것만 해도 하나의 효과는 얻을 수 있어."

"그래. 하지만 놈들이 일개 하수인에 불과해도 만약 상부에 보고한다면 큰 문제가 생길지도 몰라. 소대장이나 중대장 그리고 박 원장은 형제복지원 자체에 대한 도전으로 볼 수도 있을 테니까. 이번에는 정말 조심스레 계획을 짜야 해."

"물론 그래야지. 하지만 이판사판인데 너무 겁먹는 것도 금물이야. 까짓것 항일 독립운동하듯이 한번 시도해 보자."

"하하, 그럴까?"

청운이 짱구의 말에 웃으며 대꾸했다.

"형들아, 나도 이제는 용기가 나. 당하고만 사느니 용기를 내 목숨을 걸고 시도하면 결과적으로 그만한 가치가 있다고 생각해. 예전에는 굴종 속에서 신음하던 나 자신이 벌레보다 하찮게 느껴졌는데, 요즘은 조금씩 흐뭇한 마음이 들어."

철수 녀석이 한결 밝은 얼굴로 말했다. 세 사람은 서로의 손을 꼭 잡았다.

제2차 작전의 타깃은 조장 무리로 정했지만 가능하면 형제복지원과 관련성을 축소하고 개인의 죄악을 응징하는 방법으로 진행해야 한다는 데 의견을 모았다. 어차피 형제복지원의 죄악상은 원생들 스스로 뼛속 깊이 체험해서 알고 있는데 굳이 나팔을 불어 선동할 까닭은 없었다. 천 리 길도 한 걸음부터, 티끌 모아 태산이라는 속담도 있듯 눈앞에 당면한 악을 소리 소문도 없이 차근차근 제거해 나가다 보면 결국 그것이 축적되어 하나의 울림을 불러일으킬 수도 있으리라.

며칠 후, 정보를 모아 함께 검토한 끝에 9소대 2조 조장인 일명 뺑코 놈을 목표물로 정했다. 그놈의 코는 무척 크고 반들반들했는데 늘 벌름거리고 있었다. 마치 코 자체가 독립된 무슨 징그러운 생물체 같았

다. 그 콧구멍 속에 콩알을 집어넣은 후 팽 하고 불면 총알처럼 튀어 나
가 파리를 죽일 수도 있었다.

놈의 나쁜 습성은 남자아이들을 괴롭힐 뿐만 아니라 기회만 생기면
여자 소대 주변을 어슬렁거리다 소녀들을 협박하거나 달콤한 말로 꾀
어 으슥한 창고로 데려가서는 영육을 유린한다는 것이다. 물론 소대장
이나 중대장 중에 더욱 악랄한 자들이 많았지만, 뺑코 놈은 그 자들의
앞잡이 노릇까지 아주 열심히 하며 적당한 아이들을 물색하여 공포감
을 심어 상납한다는 소문이었기에 우선 처단해 버리지 않으면 안 되
었다.

아무래도 이번 작전에는 여자의 도움이 필요할 것 같았다. 놈에게
증오심을 품은 여자를 찾아낸다면 혹시 어떤 도움을 받을 수 있을지도
몰랐다.

며칠 후 철수가 야간 학교의 여학생을 통해 들은 정보를 물고 왔다.
명숙 언니와 옥이라는 소녀가 뺑코 놈을 무척 혐오하고 미워한다는 것
이었다. 그런데 명숙은 그를 증오하면서도 아직 놈의 속임수를 직시하
지 못한 채 모종의 희망을 품고 있는 성싶었다. 옥이라는 아이는 청운
도 조금 알고 있었다. 형제복지원에 처음 잡혀 왔을 때 음담패설을 늘
어놓는 관리자 놈들에게 대들던 바로 그 소녀였다. 뺨을 연거푸 맞으
면서도 앙칼지게 대들던 꼬마 진돗개 같던 아이……. 그때 도와주지
못해 얼마나 미안스러웠던가.

비밀결사대 옥이의 활약

    일요일 아침, 교회로 올라가는 길에 청운은 맞은편 여자 대열을 유심히 살펴보았다. 찾는 사람이 보이지 않았다. 그는 발걸음을 슬슬 늦추면서 꽁무니 줄까지 눈여겨 찾았다.

    일요일이라고 해서 규율이 흐트러지는 것은 결코 아니었으나 조금쯤 숨쉴 만한 여유는 주어졌다. 그래서인지 한창 때인 청춘 남녀들끼리 눈빛을 통해 서로 정감을 나누기도 했다. 인솔하는 조장들이 고함을 질러 댔지만 잘 먹히지 않았다. 함께 어우러진 대열의 힘을 믿는 것은 아니었을까? 그리고 전 세계가 인정하는 휴일인 일요일인 만큼 무의식적으로 약간쯤 자유를 호흡하고 싶었는지 모른다. 사실 소대장이나 조장 놈들 자신부터 그런 낌새를 얼떨결에 보이기도 했으니까 말이다.

원생들은 길 가운데를 사이에 둔 채 오른쪽은 남자들, 왼쪽은 여자들이 줄지어 서서 교회를 향해 올라가고 있었다. 길 가운데에는 조장들이 띄엄띄엄 늘어서 걸으며 감시의 눈을 번뜩였다. 남녀 대열의 간격은 5미터쯤 되어 보였다.

이윽고 청운은 옥이를 찾아냈다. 그녀는 다른 사람과 속닥속닥 이야기를 나누지 않은 채 고개를 살짝 숙이고 걷고 있었다. 가냘픈 몸이 안쓰럽게 느껴졌다.

청운은 미리 손에 쥐고 있던 콩알만 한 작은 돌멩이를 손가락 새에 장착하여 남자 조장의 뒤통수를 향해 휙 튕겨 날렸다. 북파공작원 훈련소에서 훈련을 받을 때 익힌 기술이었다. 급소에 명중할 경우에는 기절시킬 수도 있을 만큼 강한 비술이었다. 조장은 뜻밖의 일격에 풀썩 주저앉아 뒤늦은 비명을 질렀다. 일부러 강약을 조절했기에 녀석은 쓰러지지 않고 웅크린 채 욕설을 해 댔다. 한순간 원생들은 대열 행진을 멈추고는 다가서며 은근히 재미있어 했다.

그 잠시 잠깐 아주 짧은 틈을 타 청운은 소녀 쪽으로 한 발짝 다가서며 "옥이." 하고 나지막이 불렀다. 혹시 모를 착각을 방지하기 위해서였다. 소녀의 얼굴이 들리더니 검은 눈동자로 청운을 말끄러미 바라보았다. 핏기 없는 해쓱한 낯빛이었다.

"난 청운이라고 해."

그는 짧게 말하며 똘똘 뭉쳐 동그랗게 만든 쪽지를 소녀의 손에 쥐어 주었다. 옥이는 의심쩍은 눈길로 청운의 눈을 가만히 쳐다보았다.

아주 짧은 순간이었으나 청운에게는 마치 한평생처럼 느껴졌다. 마치 연애편지를 전달하기라도 한 듯이……

만약 거절한다면 큰 낭패가 아닐 수 없었다. 그것은 사실 연애편지가 아니라 작전을 타진하는 글이었다. 하지만 소녀로서는 연애편지 외의 다른 것이라고 생각하기는 어려울 터였다. 처음 보는 남자가 주는 쪽지를 대체 뭐라고 예상할 수 있겠는가?

그 순간 청운은 결정적인 실수를 했다는 것을 깨달았다. 연애 감정을 적어 놓는 것이 순서였다. 그러면 설령 발각되더라도 두드려 맞을지언정 죽이지는 않으리라. 하지만 만약 일이 틀어져 여자 조장에게 발각되면 반역자로 지목되어 살인적인 폭력 끝에 시체로 변하고 말리라. 그것은 아주 분명한 사실이었기에 청운은 죽음을 각오한 듯한 표정이었다.

마침내 옥이는 눈을 살짝 내리감더니 돌돌 만 종이를 손안에 쥐었다. 그리고 긴 속눈썹을 들어 청운을 슬쩍 째려보더니 고개를 돌려 버렸다. 조장들이 불어 대는 호루라기 소리를 들으며 청운은 곧 대열로 끼어들었다.

청운은 다음 일요일이 오기를 학수고대했다. 옥이의 답장을 받기 위해서였다. 철수의 야간 학교 동급생을 통해 뜻을 알아보는 방법도 있었지만, 만일에 생길지 모를 위험을 방비하려면 직접 본인에게 듣는 것이 확실했다. 하루하루는 느리게 지나갔지만 일주일이 꼭 멀게만 느껴지지는 않았다. 기다림의 미학이라고나 할까.

수상한 형제복지원과 비밀결사대

청운은 밤늦게 자리에 누워 옥이의 답장이 과연 어떤 내용일지, 어떻게 전해질지 이런저런 생각에 잠겼다. 마치 연애편지를 기다리는 심정이었다. 하지만 그것은 어디까지나 연서가 아니라 단풍 비밀결사대의 작전에 관한 내용이었다. 만약 운 나쁘게 탄로라도 난다면 죽음의 계곡으로 떨어져 내려야 할 터였다. 결코 그런 일이 일어나서는 안 되었다.

청운은 초조한 마음으로 걱정하다 낮의 피로에 지쳐 서서히 곯아떨어졌다. 꿈속에서는 신입 대원이 된 옥이와 함께 어떤 거창한 작전을 펼치고 있는지도 모르지만, 현실에서는 험한 산을 넘고 강을 건너야 하는 지난스런 일이었다.

청운이 똘똘 말아 소녀에게 건네준 종이에는 이렇게 적혀 있었다.

초면에 이런 식으로 마음을 전하는 무례를 양해해 줘. 초면이기는 하지만 전혀 초면은 아니야. 여기 입소하던 날, 반항하다가 얻어맞고 끌려가는 것을 보았으니까. 입소 동기생이라고 할 수도 있겠네. 다름 아니라, 요즘 여자 원생들이 아무개 조장에게 많은 괴롭힘을 당하고 있다는 이야기를 들었어. 그런 짐승 같은 놈은 형제복지원 차원에서 엄벌을 해야 할 텐데, 그러지 않으니 직접 자구책을 세워야 한다고 생각해. 알다시피 여기는 낮말은 새가 듣고, 밤말은 쥐가 들을 뿐 아니라 철통같은 감시망과 폭력으로 옥죄고 있어. 조장 놈을 쥐도 새도 모르게 응징하려면 놈을 조용한 곳으로 유인해 내야만 해. 만약 도와줄 수 있다면 적당한 방법으로 알려 주길…….

마치 누이동생 같아서 도와주고 싶다느니, 절대로 강요하는 것은 아니니 잘 생각해 보라느니, 쪽지를 읽은 후 불태워 버리라느니 덧붙이고 싶은 말이 떠올랐으나 왠지 유치한 느낌이 들어 적지 않았다. 종이 여백이 모자라기도 했다. 태워 버리되, 그녀의 마음속에서 환한 빛을 내며 타올랐으면 싶은 기분이 들기도 했다.

일요일만 손꼽아 기다리고 있던 청운은 목요일에 철수에게서 사각으로 접은 작은 쪽지 하나를 받았다.

"누구?"

청운은 예사로운 어조로 물었다.

"기다리고 기다리던 것."

철수는 해죽 웃었다.

"옥이?"

"응."

청운은 쪽지를 펴서 읽어 보았다.

많은 사람이 쥐새끼 악마 같은 놈 때문에 이런저런 고통을 당하고 있어요. 그런 쌍놈을 혼내 주는 일에 나도 함께 작은 힘이나마 보태고 싶어요. 할 일을 자세히 알려 주세요. 그리고 앞으로 쪽지는 야간반 순희와 철수를 통하기로 해요. 길에서 주고받다 들킬 수도

수상한 형제복지원과 비밀결사대

있으니까요. 이미 애인이니 뭐니 괴상한 소문이 났다고요. 흥! 순희는 조심하도록 시키겠으니 큰 걱정하지 않아도 되어요. 그럼 이만⋯⋯.

청운은 한시름 놓고 심호흡을 했다. 만일 옥이가 거절했다면 실망이 컸을 터였다. 물론 또 상황에 따라 좋은 방법을 찾아내야 하겠지만, 아마 마음이 어수선하고 어딘지 허전했을 것 같았다.

단풍 비밀결사대에 신입 여자 대원이 생겼으니 모두 의기가 충천할 듯싶었다. 사람은 뜻을 가지면 힘이 생긴다지 않는가. 이제부터 옥이도 더욱 힘을 내어 어려운 상황을 견디어 나가길 청운은 마음속으로 기원했다.

다음 날 남자 대원 세 명은 비밀리에 만나 다음 방법을 은밀히 의논했다. 홍일점 여자 대원에게는 청운이 다시 쪽지를 보내기로 했다.

그날 밤, 청운은 잠자리에 누운 채 머릿속으로 수많은 구절을 썼다. 하지만 종이에 정리한 내용은 간단했다.

교회 왼쪽 끝, 예수님 석고상 있는 곳에서 살짝 돌아가면 청소 도구를 보관하는 별관 창고가 있음. 예배가 끝나고 나면 5분 이내에 놈을 그쪽으로 유인해 주길⋯⋯. 절대 무리하지 말고, 상황이 여의치 않으면 다음 기회를 노릴 것!

작전 당일 오전 9시.

원생들은 줄지어 교회를 향해 올라갔다. 산의 맨 높은 곳에 웅장하게 하늘을 찌를 듯 서 있는 건물. 그러나 그곳은 지친 영혼을 감싸 안기보다, 하나님과 예수님의 진리를 왜곡하여 박인근 원장을 우상화하고 그 지옥을 지상 천국이라고 세뇌하는 데 전력을 쏟았다.

박인근 원장이 진짜 기독교인이었는지 가짜 사이비이었는지 불확실하지만, 그런 시대 상황을 최대한 활용하고 원생들을 총동원하여 교회를 건립했다. 낙성식에서 그는 소리 높여 외쳤다.

"원생 여러분, 이곳은 희망의 천국입니다! 일반 바깥 세상에서 말하는 천국과는 질적으로 다른 진정한 천국……. 성경에서도 말씀하셨듯, 천국이란 이미 이루어진 것이 아니라 우리가 앞으로 이루어 나가야 할 이상향입니다. 이곳은 아시다시피 일상생활의 고통이 전혀 없지는 않습니다만, 인간 재생 용광로임을 마음속 깊이 인식하여 견디고 또 견뎌 마침내 신생의 선물을 모두 함께 받길 바랍니다!"

박수 소리가 요란스레 울려 퍼졌다. 원생들은 자동인형처럼 박수와 환호를 멈추지 못했다. 만일 그랬다가는 감시조에 찍혀 지하 감방으로 끌려가 살인적인 폭행을 당했다. 살아남으면 행운이고 죽으면 불운일 뿐이다. 그런 사실을 자주 두 눈으로 직접 보기에 원생들은 불평불만을 씹어 삼키며 나이롱 박수를 치는 것이다.

'아, 신은 과연 어디에 계실까? 내 앞날은……. 신을 믿고 노력하면 정말 이 고난을 벗어나 천국으로 갈 수 있을까?'

하지만 교회 뒤쪽 공동묘지에는 어느샌가 붉은 무덤이 늘어만 갔다. 뗏장도 제대로 입히지 않은 초라한 벌거숭이 흙더미……

일장 연설이 끝나면 원생들은 박 원장을 위한 축복 기도문을 외워야 했다.

"사랑 풍부하신 하나님, 오늘도 새벽부터 밤 잠자리에 들 때까지 사랑의 동산인 형제복지원을 도우소사 모든 형제자매와 함께 해 주신 은혜 감사하옵니다. 밤낮 늘 죄많은 이들을 지켜 주시고, 또 불쌍한 저희 고아들을 위해 이 건물을 세우시고 사랑 베푸시는 원장님과 사모님의 건강과 사업 번창도 함께 지켜 주시옵고 오늘 밤 편히 쉬게끔 도우시옵소서. 예수님의 이름으로 기도하옵니다. 아멘."

잠재의식 속에 숨어 있던 불만과 쌍욕이 불현듯 튀어나오기도 하기 때문에 항상 입을 조심해야 한다. 감시 조장에게 걸리면 입이 찢어지는 것은 다반사다. 해머 같은 주먹질에 생니가 빠져 나뒹굴었다.

급할수록 돌아가지는 않더라도 서두르지 말자! 청운은 마음속으로 되뇌었으나 뜻대로 되지 않았다. 그는 돌계단에 걸려 넘어질 뻔하다가 겨우 균형을 잡고 재빨리 문 안쪽으로 들어섰다. 햇빛이 들지 않아 대낮인데도 음침한 느낌을 자아냈다. 안쪽으로 쭉 더 들어가면 시체 보관소와 지하 감방이 있다는 소문이 떠돌기도 하는 구역이었다. 다만 검은 철문 때문에 이쪽에서 저쪽으로 들어갈 수는 없었다. 저쪽 시체 보관소와 지하 감방의 입구는 반대편에 있었다.

청운은 창고 문 앞에서 귀를 기울였다. 속닥거리는 소리가 들려왔다.

"요 깜찍한 계집애, 오늘은 웬일이야? 맨날 얼음처럼 차갑게 굴더니……."

"흥, 밀감이 먹고 싶어 그런 것뿐이니 괜히 착각하지 말아요."

밀감은 원장 외에 고위 간부급이나 간혹 맛볼 수 있을 뿐 일반 원생들은 꿈속에서도 먹기 힘든 귀한 과일이었다.

"어서 밀감부터 줘요. 한 개 먹어 봐야겠어요."

"하핫, 요 귀염둥이 같으니……. 모처럼 이런 아늑한 고급 호텔에 들어왔는데 그러면 로맨틱한 분위기가 깨지잖아. 일단 뽀뽀부터 하고 나서……."

"이러지 마요. 깨물어 버릴 테니까."

"요것이 까불고 있어."

놈이 완력을 쓰는지 옥이의 다급한 신음 소리가 새어 나왔다.

만약 무슨 일이 생겨 조금이라도 늦게 왔다면 과연 어찌 되었겠는가. 생각하기도 싫었다. 청운은 뻑뻑한 문을 힘껏 당겨 열고 컴컴한 창고 안으로 뛰어들었다. 그리고 놈이 자신을 미처 쳐다보기도 전에 손날로 목의 급소를 쳐서 기절시켰다.

"옥이 씨 임무는 완수했으니 어서 가 보세요. 들키면 안 돼요."

옥이가 나가고 나자 청운은 조장 놈의 바지를 벗겼다. 이어서 미리 준비한 검정 고무줄을 꺼내 놈의 아랫도리를 감아 꽁꽁 묶었다. 깨어날 때를 대비해서 노끈으로 두 팔과 다리도 묶어 버렸다. 나중에 고함을 지른다면 누가 듣고 올 터였다. 하지만 구조 요청을 하기 전에 많은 고민을 하지 않을 수 없으리라. 발각되면 살벌한 폭행을 당한 끝에 황천객이 될 수도 있을 테니까.

마지막으로 청운은 주머니에서 쪽지 한 장을 꺼내 놈의 배 위에 얹어 두었다. 이렇게 적혀 있었다.

아랫도리를 아예 뽑아서 말려 버리고 싶지만 일단 이 정도로 경고해 둔다. 다시는 여자 원생들을 괴롭히지 마라!

그 위에 붉은 단풍잎을 하나 그려 놓고도 싶었으나 그런 위험하고 유치한 짓은 하지 않았다. 청운은 손을 털고는 밖으로 나와 문을 살짝 닫은 후 황급히 사라졌다.

계절은 늦가을을 지나 차츰 겨울로 접어들고 있었다.

조장 놈을 창고로 유인해서 응징한 지도 일주일쯤 지났다. 옥이에게서 속이 후련하다는 연락도 받았고 대원들도 모두 즐거워했다. 하지만 처음 며칠 동안 청운은 혹시 그놈이 눈치채고는 옥이에게 해코지나 하지 않을까 싶어 걱정스러웠다. 다행히 그런 불상사는 없이 날은 흘러갔다. 놈은 조장 완장을 빼앗긴 후 아오지 공사장으로 좌천되었다. 바윗돌에 깔려 죽기도 하는 형제복지원 내 최악의 작업장인 아오지.

야외 작업반에서는 뜻밖의 사고를 당해 즉사하거나 중상을 입는 상황이 많이 벌어졌다. 그들은 산 중턱을 깎아 새 건물을 짓는 일에 동원

되었다. 바윗돌을 채굴해서 석재로 사용했다. 안전 장치도 없이 파 들어가다가 굴이 와르르 무너져 수십 명이 죽고 다쳤다. 위험이 상존했기에 그곳은 '악마의 발톱'이라 불리는 기피 지역이 되었다. 혹시 공상 속의 아오지 탄광이 그럴까. 모두 두려워했다. 언제 죽을지 자기 자신도 모르는 지옥!

다른 근로 소대에 있다가 조장이나 소대장에게 찍혀 아오지로 내려오기도 했다. 뭔가 선물로 상납하면 1급 지옥보다 좀 나은 2급 지옥으로 올라가기도 했다. 반항 기질이 심한 꼴통 원생들은 그곳으로 차출되어 시달리다가 중상을 입거나 으슥한 구석으로 끌려가 폭행 당한 끝에 사고사로 처리되어 버려졌다.

청운이 놀란 것은 수용자 중에는 부랑자가 아니라 일반 서민들이 많다는 사실이었다. 물론 깡패나 소매치기나 앵벌이 따위도 있었지만, 대부분 구두닦이나 노점상 등 열심히 살아 보려다가 억울하게 끌려온 경우가 많았다. 잔업을 마친 후 밤늦게 퇴근하다 붙잡힌 공원工員, 술 한잔 걸친 기분에 햄릿 역을 맡은 양 즉흥 연기하던 무명 배우마저 일순간 부랑자 신세로 바뀌어 거대한 지옥의 담벼락 속에 갇혔다. 그들은 대한민국의 일반 국민이면서도 빈궁하고 백이 없는 무골충 지렁이였기에 악마의 밥이 되었다.

반면 깡패나 불량배 족속은 그 지옥 왕국 속에서 도리어 충신 열사로 돌변하여 중대장, 소대장, 조장 등 완장을 찬 채 박 원장 지시에 따라 원생들을 벌레처럼 짓밟았다. 선한 사람은 자기가 겪은 인생 고난을 기준 삼아 더 선하게 베풀고, 악인은 한층 더 사악해져 해악을 끼친다.

원장 이하 중대장과 소대장은 더 탐욕스레 사리사욕을 채우며 조장
들에게 각종 상납을 받으면서도 부하가 불미스런 짓을 저질렀다는 사
실이 밝혀지면 인정사정없이 엄벌했다. 그것은 어디까지나 형제복지
원의 안전을 위해서였다. 다만 어떤 악질적인 짓을 저지르든 재주껏
해치워 밖으로 드러나지만 않으면 슬쩍 눈감아 주었다.

형제복지원 측에서 입단속을 해도 소문은 은밀히 원생들 사이로 퍼
져 나갔다. 여기저기에서 속닥속닥 대화를 나누며 키득거리고 통쾌해
했다. 지난번 악기 반장 사건과 연관 지어 혹시 일지매가 나타나서 그
랬는지 모른다며 흥분하는 원생들도 있었다.

'아, 그들이 일시적으로 히득거리지만 말고 함께 힘을 합쳐 형제복
지원의 실상을 규탄하고, 악인들을 잡아 스스로 처벌한다면 바로 이곳
이 지옥원이 아니라 진짜 복지원으로 변할 텐데……. 그런 날이 과연
오기나 할까 몰라.'

청운은 마음속으로 생각했다.

2부

작전 3,
부패 소대장 끌똥을 응징하라

산기슭에 자리한 건물이라 찬바람이 불어닥치자 몹시 추웠다. 본관 굴뚝에서는 연탄을 때는 허연 연기가 솟아올랐으나 원생들의 숙소는 온기 하나 없는 냉방이었다.

하루 종일 시달린 강제 노동에 지친 몸인데도 너무 추운 나머지 원생들은 쉽사리 잠들지 못했다. 벌벌 떨다 서로의 몸을 껴안은 채 온기를 나누는 새 스르르 잠들고는 했다. 아무리 '부랑자 수용소'라 해도 감옥도 아닌 복지 시설인 이상 정부 지원금에는 난방비가 포함되어 있을 터였다. 그런데도 철의 장막인 형제복지원은 '복지원'을 양두구육처럼 내건 채 인간을 동물보다 못한 열악한 환경에 수용해 놓고는 국민 세금을 야금야금 사취하고 있었다.

청운은 짱구와 상의하다가 이 지원금을 빼돌리는 문제를 꺼냈다.

"아마 복마전처럼 부정과 비리가 심할 거야. 1년에 정부에서 지원받는 돈만 수십억 원이라잖아. 원생들에게 월급 한 푼 안 주고 노동을 시켜 벌어 모으는 돈만 해도 얼마나 많겠어? 그런데도 꽁보리밥에 시래깃국만 먹이고 한겨울 추위에 난방도 안 하다니, 도둑놈들! 우리가 한번 자세히 조사해 보자."

"그래서 어쩌게?"

짱구가 조심스런 눈빛으로 물었다.

"벽보라도 만들어 붙이면 원생들도 이곳의 부정부패를 깨닫게 되지 않을까?"

"너무 거창하고 위험해. 그리고 우리 힘으로 깊이 접근하기도 힘들고……. 그것보다는 우선 중대장들이나 소대장들이 저지르고 있는 개인 비리부터 파고들면 좋을 것 같아. 그러다 보면 차츰 전체적인 복마전의 심장부도 파악할 수 있을 테니 말야."

"그래. 그게 좋겠어. 어렵더라도 은밀하게 천천히 끈기를 갖고 해 나가 보자."

청운은 흔쾌히 동의한 후 덧붙였다. 짱구는 미간에 주름을 모으고 특유의 표정으로 잠시 생각하더니 말했다.

"우리는 불가능한 일에 도전하려는지도 몰라. 까딱하다가는 잡혀서 죽을 수도 있어."

"그것은 각오한 바 아니었어? 잘못도 없이 불시에 맞아 죽기보다 살았을 때 악마 집단에 도전해 보자는 것. 그래서 단풍 비밀결사대도 만든 것이고……."

"그러니 개죽음 당하지 않기 위해서라도 최대한 조심하자는 말이지. 조심 또 조심, 사방팔방으로 조심, 돌다리도 최소한 다섯 번은 두드린 후 한 발짝 내딛는 식으로……."

"물론 그래야지. 여기서 죽고 나면 누가 우리를 기억해 주겠어."

"혹시 적당한 사람이 있으면 한두 명쯤 더 대원으로 받아들이자. 우리만으로는 아무래도 한계가 있으니까."

"그래야지. 믿을 만한 사람 있어?"

"찾아봐야지."

"응, 그래. 나도 살펴볼게."

"그럼 건강히……."

"너도."

둘은 미소를 교환한 후 헤어졌다.

소대장들이나 조장들이 원생들을 협박하여 특별한 기념일에 나오는 귀한 과자 따위를 빼앗아 먹거나 착복하는 짓은 익히 잘 알려져 있었다. 그들은 좀도둑이며 작은 강도였다. 원생들은 그놈들에게서 가장 직접적인 많은 피해를 당했다.

더 큰 도둑과 강도가 은밀히 설쳤다. 총무, 회계, 중대장 같은 자들이었다. 그들은 혼자 또는 이해 타산적으로 함께 작당하여 부정부패한 짓을 저질렀다. 작은 도둑질은 생존에 직접 고통을 주므로 원생들도 민감했다. 구시렁거리며 불평불만을 토했다. 뒷구멍으로 욕을 퍼붓기도 했다. 그런데도 사태가 개선되지 않는 것은 원생들의 불평이 하나로 모여 어떤 에너지를 발휘하지 못한 채 흐지부지되어 버리기 때문이다. 그렇다 보니 형제복지원 측에서도 결정적인 사건이 아닌 한 굳이 잡아 처벌하지 않고 방치하는 상태였다.

반면 큰 도둑들의 경우는 달랐다. 윗선에서 각종 물품을 빼먹으면 결국 자기들에게 돌아오는 배급량이 당연히 적을 텐데도 피부에 닿는 느낌이 없어서 그런지 원생들은 무관심했다. 그리고 실제로 흐릿한 풍문만 떠돌았지 구체적인 정황도 없었다. 허나 원래 큰 악은 겉으로 드러나지 않고 속내로 감추어진 채 더욱 심한 해악을 끼친다. 국가에서는 지원금만 쏟아붓고 방치해 버렸으므로 부정부패의 암 덩어리는 어둠 속에서 점점 진정한 '복지'를 갉아먹고 있었다. 박인근 원장은 그런 암 덩어리를 적발해 내려고 눈알을 부라렸으나, 사실상 원장 자신이 이 나라 이 땅의 암 덩어리라고 할 수 있었다.

아무튼 우선은 작은 악부터 슬슬 추적해서 가능하다면 악마왕까지 꼭 응징해야 할 터였다. 총무, 중대장, 소대장 등은 공생 관계다. 원생 수천 명은 박 원장의 직계 수하인 그들이 통제하고 있다. 그들은 원장의 충복으로 활약하면서 속으로는 사리사욕을 챙겨 앞날을 대비하는 것이다. 그 방법은 배급품 수탈과 제작품 횡령이다. 소대장급들은 원래 원생들에게 지급해야 할 빵, 양말, 칫솔, 비누 등을 빼돌렸다. 그런데 총무들과 중대장들은 그깟 소품에는 눈도 주지 않고 한층 큰 것을 노렸다.

형제복지원 소속 공장에서는 여러 가지 물품을 원생들의 손으로 생산한다. 목공예, 옷, 구두, 고급 바둑판, 인형, 라디오 케이스 등이다. 눈알 붉은 쥐들은 외부 판매업자나 중개상들과 은밀히 결탁하여 비싼 물품을 빼돌려 착복했다. 그들은 부산에 거주하는 부하(놈들 중에는 조폭 두목도 있다) 혹은 친척의 도움으로 많은 금액을 은행 통장에 차곡차곡 쌓는다는 풍문이 떠돌았다. 강제 노동에 시달리다가 병들거나 다친 원생들에게 사용해야 할 의약품 또한 빼돌려 팔아먹었다. 그런 풍문을 탐사 추적하여 원생들과 세상에 알릴 수만 있다면, 복지원을 빙자한 형제지옥원이 조금쯤 개선될는지 몰랐다.

다음 작전은 소대장 중 부정부패가 심한 꼴통 한 명을 골라 응징하는 것으로 결정했다. 하지만 이전에 비해 훨씬 난이도가 높은 작업이므로 대원들은 좋은 방도를 찾기 위해 머리를 굴리며 애썼다. 특히 짱구 녀석은 심사숙고하느라 골이 터질 지경이 되어 짱구가 더 튀어나왔다고 농담을 하기도 했다.

여러모로 탐문 조사한 끝에 5중대 3소대장인 오금택이란 자가 뒤가 구린 짓을 밥 먹듯 한다는 사실을 파악했다. 놈은 소대장이란 작은 권력을 이용하여 남녀 원생들을 괴롭힐 뿐만 아니라 생활용품 등을 갈취하여 자기 뱃속도 채우고 중대장에게 뇌물로 바치기도 한다는 것이다. 대부분의 완장 찬 놈들도 그런 짓을 했는데 그중 가장 악랄하다는 소문이다. 과연 어떻게 접근해서 골탕을 먹이느냐 하는 것이 문제다.

소대장은 그 직위 명칭과 달리 정규 군대의 소대장급보다 권한과 임무가 훨씬 더 막중했다. 박인근 원장을 형제복지원의 대통령(수령)이라고 치면 총무는 비서실장, 중대장은 사령관, 소대장은 연대장급이라 할 수 있었다. 대대장은 없었는데 원장이 겸직했다고 보면 된다. 그들은 중간 간부로서 박 원장의 정책을 실행하고 형제복지원을 수호하는 행동대장이란 자만심을 지닌 채 나쁜 짓을 도맡아 했기에 경계심 또한 아주 강했다. 자기가 악독하기 때문에 원생들도 악독하다고 지레짐작하고는 복수의 칼날이 언제 날아들지 몰라 내심 긴장했다. 그렇기에 조장들과는 달리 경계를 철저히 해서 원생들을 시찰할 때는 꼭 심복 부하를 양옆에 대동했다.

그깟 깡패 나부랭이야 별반 두렵지 않으나, 대체 어떻게 소리 소문도 없이 한적한 장소로 유인해 내어 타격을 가하느냐가 문제다. 높고 두꺼운 철벽을 마주한 느낌이었다.

청운과 짱구는 고심에 고심을 거듭했다. 언제나 위험했지만 이번에야말로 만일 실수하면 진짜 목숨을 걸어야 할 수도 있었다. 발각되면 죽는다는 각오로!

"옛날 일제 강점기에 독립운동하신 분들의 심정이 조금은 이해된다야."

짱구 녀석이 뜬금없는 소리를 했다.

"광복 후에 군사 독재 정권에 항거하여 일어난 학생 운동과 민주 투쟁 또한 목숨을 걸어야 했겠지. 지금 현재도 마찬가지고……."

청운이 대꾸했다.

"그래도 그때는 3·1 운동과 4·19 항쟁 등 함께 힘을 모아 싸웠는데, 우리는 강제수용소에 갇힌 채 찍 소리도 못 하고 있으니……."

"첫술에 배 부를 수 있냐? 그래도 우리들이 뭔가 해 보려고 애쓰고 있잖아. 첫걸음 내딛을 때가 힘들지, 아마 앞으로 많은 원생이 이 지옥의 실상을 깨닫고 함께 일어설 때가 있을 거야. 음, 하나의 촛불은 외로울지언정 다른 초에 옮겨지면 수많은 꽃불이 되어 환하게 어둠을 밝히잖아."

청운은 짐짓 엄숙하게 말했다.

"짜식, 어디서 많이 들어 본 소리를 새로운 듯 읊고 있네."

"이런 일은 어느 시대든 새로운 일이니까, 하하."

"그나저나 어떻게 해야 하나? 무슨 뾰족한 수가 없을까? 이건 뭐 달걀로 바위 치기 또는 바위 꼭대기에 계란 세우기 같은 문제군."

짱구는 손가락으로 볼록 튀어나온 앞이마를 톡톡 두드렸다.

"콜럼버스의 달걀 같은 기발한 아이디어가 있어야 할 텐데 말야."

청운이 대꾸했다.

"글쎄, 그런 유치하고 치사한 방법이라도 이곳에서 먹힐 수 있으면 좋겠지만……."

"치사하다니?"

청운이 눈을 크게 뜨고 물었다.

"아직 잘 모르는 모양이군."

"뭘?"

"콜럼버스 계란의 실상을 말야."

"난 그냥 보통 사람이 생각해 내기 힘든 기발한 착상을 뜻하는 줄로만 알았는데."

짱구는 눈살을 찌푸리며 고개를 흔들었다.

"하기는 양심적인 보통 사람들이 떠올리기에는 기발하고 야비한 방법이지."

"무슨 이야기야? 자세히 좀 말해 봐."

"콜럼버스가 평평한 바위 위에 달걀을 세울 수 있냐고 했을 때 보통 사람들은 직접 시도해 보고 나서 불가능하다고 말했지. 그러자 콜럼 씨는 바위에 달걀 모서리를 쳐서 깬 다음 세웠어. 세우기는 세웠지만 그것은 사기술일 뿐이지 뭐. 초딩, 중딩 아이들의 장난 짓거리도 아니고 말야."

"하하, 그래도 파격적이기는 하네."

"흥, 보통 사람들의 양심과 건전한 의식을 깨 버린 개짓거리지. 그리고 계란 속에 숨쉬는 생명을 파괴한 짓이기도 하고."

"하나의 에피소드를 놓고 너 꽤나 흥분한다야?"

청운의 대꾸에 짱구는 우거지상을 했다.

"흠, 한물간 우스갯소리일 수도 있어. 하지만 그건 콜럼버스의 신대륙 탐험과 관련된 이야기라서 결코 옛날 유머 극장이 아냐."

"그래?"

"우선 콜럼버스란 인물이 우리가 알고 있듯 그렇게 대단히 멋있는 캐릭터는 아니라는 점이야."

"좀 궁금한걸."

"그 당시 콜럼버스는 영국에서 이미 사기꾼이자 협잡꾼으로 소문이 나 있었대. 빚쟁이들의 등쌀에 시달리다가 도망치듯 항해에 나서게 되었달까. 그 무렵은 영국이 해외 식민지를 개척하려고 광분하던 때라 그런 식의 사기꾼이 많았다더군. 아무튼 항해를 떠날 때도 영국 정부의 적극적인 후원을 받지 못해 정규 선원들 대신 흑인 노예들과 감옥에 갇힌 죄수들을 빼내 배에 태웠을 정도였대. 짐승 취급 당한 수많은 사람이 중노동과 배고픔에 시달리다가 죽어 고기밥이 되었다더군. 끝이 보이지 않는 망망대해……. 항해사를 비롯해 갑판장과 선원들은 가망이 없으니 그만 돌아가자고 건의했으나, 콜럼버스는 독불장군처럼 막무가내로 항진하라고 명령했어. 영국으로 귀환해 보았자 기다리는 것은 감옥이었을 테니까. 겨우겨우 신대륙이란 곳에 도착했는데……."

"아무튼 대단하기는 하군."

"음, 그다음부터가 문제야. 그 신대륙에는 이미 원주민이 살고 있었는데, 콜럼버스 일행은 그들을 구슬리며 속이다가 결국은 총칼로 마구 죽이고 약탈했어. 그들이 조상 대대로 살아온 고향 땅을 빼앗아 버

수상한 형제복지원과 비밀결사대

린 거야. 마치 계란 세우기 식으로 철면피한 악당 짓을……. 그 이후에 콜럼버스의 후예들이 순박한 원주민을 살육하고 착착 정복해 들어가서 지금의 아메리카, 즉 미국을 건설했다는 이야기이지. 만일 콜럼버스가 신대륙을 발견하지 않았다면, 있는 대로 놔두었다면, 원주민은 살육 당하지 않고 고향 땅에서 자연과 함께하며 평화롭게 살았을 텐데…….”

“미국 사람들은 콜럼버스를 대위인이라 부르겠지만, 원주민인 인디언들의 입장에서는 대악마로 생각되겠군.”

“그 사기꾼 살인마의 후예인 미국인들의 핏속에도 그런 유전자가 들어 있겠지 뭐.”

“너무 과장하는 것 아냐? 미국에도 좋은 점은 있을 텐데…….”

“좋은 짓도 하고 나쁜 짓도 하는 것이 좋을까, 좋은 짓도 하지 않고 나쁜 짓도 하지 않는 것이 좋을까?”

“글쎄, 어쨌든 좋은 일은 이 세상에 필요하지 않나?”

“아냐. 좀 더 곰곰이 생각해 볼 만한 가치가 있는 문제가 아닌가 싶어.”

“인생에는 어차피 좋은 일과 나쁜 일이 쌍곡선처럼 섞여 있는걸.”

“그것은 사실이지. 하지만 콜럼버스와 그의 후손들이 아메리카 대륙의 원주민인 인디언들에게 저지른 잔인한 학살과 약탈의 경우에는 좀 다르지 않을까? 인디언들은 자기네 고향 땅을 졸지에 도둑맞고 민족 자체도 씨를 말려서 거의 사라져 버렸으니까 말야.”

"비참한 일이군…… 한데 그런 사실은 어떻게 알았어?"

"책에서 봤지 뭐."

"적어도 인디언들한테는 미국이 불구대천 원수 같겠군."

"인디언들만 그런 줄 알아? 바로 우리가 살고 있는 이 한반도 땅에서도 그런 비슷한 비극이 벌어졌는걸."

"6·25 전쟁 말이지?"

청운은 말을 한 후 한숨을 푹 쉬었다. 그 동족상잔 전쟁은 아직도 끝나지 않은 채 휴전 상태고, 남북한이 철조망으로 분단된 채 여전히 싸우고 있으며, 청운 자신은 이런 비극 속에 북파공작원이 되어 고생만 하다 다쳐 한쪽 다리를 절뚝거리는 신세가 된 것이다.

짱구가 입을 열었다.

"동족상잔 비극이 우리 남북한 민족끼리 철천지원수처럼 싸운 것으로 알고 있는 사람이 많은데, 사실은 미국과 소련이 서로 짜고 마치 꼭두각시 조종하듯 싸우게 했다잖아. 물론 일본의 마수에서 풀려난 8·15 해방 이후에 우리 한민족이 당파로 나뉘어서 싸우는 대신 힘을 모아 단결했다면 그런 비극을 막을 수도 있었겠지. 그것은 분명 우리 한민족의 잘못이야. 그렇지만 골목대장 같은 두 강대국이 미리 각본을 짜 놓고 작전을 벌이는데 약소국이 어쩌겠어? 결국 휴전이 된 후 남한과 북한에 각각 미국과 소련이 군대를 보내 장악한 다음 보호한다는 명목으로 오늘날까지 틀어 앉아 있잖아."

"미국과 우리는 혈맹 관계라는데……."

수상한 형제복지원과 비밀결사대

"야, 골목대장과 똘마니가 평등한 친구 관계가 될 수 있겠니? 이것은 덩치보다는 정신과 마음가짐의 문제로 여겨져. 이제는 우리도 미국의 도움만 바라는 약소국이 아닌 만큼, 떳떳한 자세로 상대하면 미국도 우리를 만만찮은 친구로 대우해 줄 텐데……. 우리 중에는 아직도 초콜릿이나 얻어먹던 어린아이처럼 의타하려고만 하는 사람이 있으니 미국도 깔볼 수밖에 없는 거지 뭘."

"전쟁 때 도움을 받았으니 그렇겠지."

"그게 과연 도움을 받은 것인지, 피해를 받은 것인지……."

"뭐?"

"설령 우리 민족끼리 싸움을 벌였다고 치자. 만일 미국과 소련과 중국이 뒤에서 조종하고 부추기며 서로 군인과 무기를 대주지 않았다면 좀 티격태격하다가 말았을 수도 있는데 미, 일, 중, 러 4대국의 야욕이 서로 얽혀 판이 점점 커졌다더군."

"아! 어쨌든 안타까운 일이야."

청운이 탄식을 내뱉자 짱구는 말을 이었다.

"우리가 태어나기 전 일이라 실감이 잘 나지는 않겠지만, 정말 판타지 전쟁 영화보다 더 참혹했다더라. 세계 전쟁사에서 손꼽을 만큼 잔인무도했다는데 우리는 잘 모르고 있지. 이 작은 땅에서 전쟁이 나 보았자 얼마나 대단했겠느냐면서……. 하지만 진짜로 이 금수강산에 피가 강을 이루고 인골이 첩첩이 쌓였다고 해."

짱구는 잠시 주위를 둘러보더니 화제를 돌렸다.

"뭔 이야기를 하다가 이렇게 사설이 길어졌지? 야, 이제 우리 발등에 붙은 불부터 끌 생각이나 하자."

"그래야지. 음, 좋은 묘안이 없을까?"

둘은 살벌하고 황량한 공간 속에서 머리를 맞댄 채 의논하고 서로 논쟁도 하면서 방도를 찾아내려 애썼다. 그런 어려운 위기를 함께 헤쳐 나가려고 노력하는 사이 두 사람의 우정도 알게 모르게 깊어 갔다.

초능력이 있다면 얼마나 좋을까?

눈송이가 펄펄 내렸다.

부산은 원래 눈이 많이 내리는 지역이 아니었는데 새벽부터 소복소복 내려 쌓였다. 바깥 사람들은 눈송이를 쳐다보며 낭만적인 감상에 잠길 수도 있을 테지만 형제복지원에서는 그렇지 못했다. 그렇잖아도 짧은 수면 시간을 한 시간쯤 줄이고 일찍 일어나 제설 등 갖가지 비상시 작업을 해야 했다. 고된 공장 노동을 줄여 주는 것도 아니었기에 반가울 리 없었다. 그래도 원생들은 삽질하는 틈틈이 하늘을 쳐다보며 하얗고 차가운 눈송이를 받아 먹었다. 물론 배가 고파서 그러기도 했지만, 천상에서 내려오는 축복이라고 생각하는지도 몰랐다. 그만큼 혹독한 감금이기에……

청운은 강제수용소를 하얗게 덮으며 내리는 눈을 바라보면서 생각했다.

'아, 백설은 순결하지만 인간들이 오염시켜 버렸지. 눈에 보이지 않지만 저 하얀 눈 속에는 인간의 죄악이 응축되어 있지 않을까. 추한 허위와 독물질도. 사람들은 다만 백설을 바라보며 잃어버린 진실과 선량함과 아름다움을 꿈꾸고 추억할 뿐……. 아, 저 하얀 눈이 세상을 덮기는 덮되 선과 악을 좀 분명히 드러내 주면 좋겠군. 마음속 백설과 달리 저 눈은 오염의 독침을 감춘 듯싶어. 그리고 죄악은 숨겨 주고 진실과 선과 아름다움은 차츰 파묻어 버리는 것만 같아.'

눈을 가득 퍼 담은 손수레를 밀고 가던 청운은 운동장 한구석에 멈추어 섰다. 쓰레기가 된 눈은 그곳에 쌓여 큰 산등성이를 이루고 있었다. 손수레가 많이 밀린 상태였다. 다른 빈터에 쌓아도 될 텐데 굳이 한곳에 모아 백두산을 만드는 것은 원장 박인근의 지시 때문이었다. 원생들을 애먹이려는 속셈보다는 무엇이든 거대한 성공을 바라는 그의 인생철학 때문인지 몰랐다. 아무튼 뒤에 온 원생들은 손수레를 받쳐 놓고 잠시나마 숨을 돌리며 잡담을 나누기도 하고 작은 꼬마 눈사람을 만들기도 했다.

"야, 너 오래간만이다야?"

누가 어깨를 툭 치며 말을 걸었다. 청운은 옆을 돌아보았다. 눈이 작고 광대뼈가 툭 튀어나온 녀석이 빙긋 웃고 있었다.

"가만 있자, 누구시더라?"

"좀 섭섭하네. 황야의 혈투를 치른 상대를 몰라보다니."

"뭐?"

청운은 녀석을 찬찬히 살펴보았다.

"아, 난 또 누구라고."

"이제야 생각이 나는가 보군."

"그래, 다시 보니 반갑다야."

"복수전을 치러야 할 텐데."

녀석은 말하며 킬킬거렸다. 그 녀석은 바로 신입식 날 이벤트로 청운과 함께 권투 시합을 벌인 박독구였다. 그날 밤 원생들의 링에 둘러싸인 채 둘은 반강제적으로 혈투를 벌여야 했다. 초반에 독구에게 두드려 맞던 청운은 중반전까지 어렵사리 버티다가 후반전에 가서야 일격 필살의 펀치로 놈을 쓰러뜨렸던 것이다.

"견딜 만하냐? 용하게 살아남아 있군."

독구가 말했다.

"언제 죽을지 모르는 목숨이야. 잘 간수해."

청운이 대꾸했다.

"독종, 너도 마찬가지야. 과연 여기서 살아 나갈 수 있을까, 응?"

"글쎄, 가는 데까지 가면서 견뎌 보아야지."

"행운을 빌어."

"나도……."

"다음에 또 보자."

"그래. 그런데 넌 지금 몇 소대니? 통 못 보았어."

"3소대로 옮겨졌지."

"소대장이 고약하다던데?"

"개새끼지."

"혹시…… 무슨 공장에 나가?"

"인형반."

"그래?"

"응. 왜?"

"아냐, 그냥……."

"짜식, 싱겁긴."

독구는 손수레를 비우고 나서 끌고 가며 씩 웃었다.

다음 날 짱구를 만난 청운은 인형 공장에 박독구라는 사람이 있는지 물어보았다. 짱구 역시 인형반이었다. 짱구는 잠시 생각하더니 대답했다.

"응, 있어. 이름이 별쭝나서 개 또는 강아지라고 부르지. 왜?"

"어떤 녀석이야?"

"코미디언 같은 놈이지. 꼴에 영화배우가 꿈이라던데. 한데 왜?"

"우연히 만났는데 3소대 소속이더군. 우리가 타깃으로 삼고 있는 오금택이 3소대장이잖아."

"음, 그렇군."

"독구는 놈을 꽤 증오하는 눈치였어."

"그래서?"

"독구를 우리 대원으로 받아들이면 어떨까 싶어서⋯⋯."

"글쎄, 어떨지 모르겠네."

"왜?"

"좀 촐싹대는 구석이 있어서. 자기 현시욕도 강한 것 같고⋯⋯."

"장점은?"

"눈치가 빠르고 동작이 잽싸지. 그리고 독구, 즉 강아지의 의리가 자기 인생 좌우명이라더군. 말대로 실천하는지는 별개이지만⋯⋯."

"형제복지원에 대한 관점은 어때?"

"이곳을 연극 무대로 여기려고 나름 애쓰는 모양이야. 현재는 괴롭지만 일단 겪어 두면 나중에 인기 배우가 되었을 때 지옥에 대해 명연기를 펼칠 수 있다는 거지."

"좀 우습기는 하지만 우리 대원으로 받아들여도 되지 않을까?"

"글쎄⋯⋯."

"목표물인 3소대장에게 접근하기에는 괜찮은 루트잖아."

"음."

짱구는 선뜻 결정을 내리지 못한 채 망설이는 기색이었다.

"당장 정하기 어려우면 좀 더 시간을 두고 지켜보자. 우리 뜻을 슬쩍슬쩍 내비쳐 은근히 테스트도 해 보고 말야."

"그래, 그러는 것이 순서겠군."

둘은 눈길을 교환한 후 헤어졌다.

일요일, 교회 가는 길에 청운은 눈여겨 살펴보았으나 옥이를 찾기 어려웠다. 무척 걱정되었다.

철수를 통해 여자 소대에 알아본 결과 옥이는 몸이 아파 병동에 수용되었다고 했다. 몸살감기라고 했지만 청운은 마음이 놓이지 않았다. 오히려 걱정이 점점 심해졌다. 남자 원생은 몸살감기 정도로 병동에 수용되어 공장 노동과 교회 예배에서 제외되는 경우가 없다. 아마 여자 원생 또한 별반 다르지 않을 성싶었다.

병동은 들어가기도 어렵거니와 한번 들어가면 다시 나오기도 쉽지 않았다. 그곳은 도저히 더 이상 부려 먹을 수 없을 만큼 병약해진 중환자들만 수용해 놓았다. 쓸모없는 짐승이나 인형처럼 처박아 둔 채 제대로 치료해 주지 않았기에 고통으로 신음하다가 대부분 죽어서야 시체 처리장으로 옮겨졌다. 그래서 인생 종착역으로 부르는 지옥 속의 생지옥이었다.

그 소녀는 과연 어떤 상태로 어떻게 지내고 있을까? 상상하기조차 어려웠다.

청운은 걱정을 견디지 못한 채 그녀가 처한 상황을 알아보거나 구출해 내기 위해 여러모로 심사숙고했으나 좋은 방법을 찾지 못했다. 짱구와 철수 등 대원들과 의논했지만 마찬가지였다.

'아, 나에게 초능력이 있다면 얼마나 좋을까!'

너무 안타까운 나머지 청운은 그런 공상을 했다. 현실적으로 도저히 불가능하여 그런지 그의 머릿속에서 공상은 점점 부풀어 올랐다.

내가 만일 투명 인간이 된다면 정말 좋을 텐데……. 그러면 감시망을 뚫고 병동으로 슬쩍 들어가서 그녀의 모습을 확인할 수 있으련만…….

그녀는 침대에 묶인 채 발버둥 치고 있다. 붉은 완장을 찬 놈이 낄낄 웃으며 마수를 뻗어 소녀에게 다가가고, 소녀는 울음을 터뜨린다. 그 순간 나는 놈의 뒤통수를 쳐서 기절시킨 후 창백한 소녀를 두 팔에 안고 나온…….

공상은 거기서 잠시 주춤했다. 그곳에 갇힌 수많은 환자의 신음 소리가 그의 마음을 울리며 발길을 막았기 때문이었다. 하지만 당장은 어쩔 수 없는 노릇이라 나중을 기약하며 일단 소녀만 안은 채 밖으로 나온…….

여기서 공상은 또 멈추고 말았다. 청운 자신은 투명하지만 소녀의 몸은 아무리 여윈들 완장 찬 놈들의 눈에 띄기 때문이었다. 일반 원생들 또한 만약 이 광경을 본다면 무척 놀랄 테다. 시체가 둥둥 떠 가는 듯싶을 테니까. 혹은 귀신이라고 착각할지도 모른다.

청운은 공상 속에서 방법을 모색했다. 소녀를 그 아수라 지옥에 놔두는 것은 죄악에 동조하는 비겁한 짓으로 여겨졌다. 청운은 틈을 보아 문을 밀고 밖으로 나선다(혹은 한구석에 숨은 채 고양이 울음소리를 내다가 붉은 완장이 문을 열고 들어오는 순간 놈의 면상을 박치기로 깨고 튀어 나간다). 그러고는 사람이 없는 은밀한 곳으로 재빨리 달려간다. 그런 다음…….

여기서 공상은 또 막히고 만다. 이리저리 사방을 둘러보아도 높다란 회색 콘크리트 벽이 둘러쳐 있어 도망칠 길이 없다. 아무리 궁리해 보아도 희망의 틈은 보이지 않는다. 저 절벽 같은 견고한 벽을 대체 어찌 넘을 수 있을까. 여기서는 '거미 인간'으로 변할 수 있으면 좋을 텐데…….

아쉬움과 절망감을 느낀 청운은 공상의 방향을 틀었다.

'물론 그녀와 내가 탈출하면 좋겠지만, 이곳은 그대로 남아 있을 것이다. 수많은 원생이 죄도 없이 갇혀 허덕이다가 죽어 가리라. 그러면 밖에 나가더라도 미안함을 가슴속에 품은 채 후회할 수도 있어. 이 지옥원을 진짜 복지원으로 바꾸려면 악의 뿌리부터 뽑아 버려야 한다.'

청운은 한밤중에 소대 내무반을 살그머니 빠져나와 원장의 비밀 아방궁 쪽으로 접근한다. 입구에 경비대가 늘어서 있지만 청운은 북파공작원 훈련소에서 익힌 기술로 한 명씩 급소를 제압하여 쓰러뜨리고는 안으로 들어선다. 나무숲에 덮인 아방궁은 붉은 벽돌로 지은 멋진 건물이다. 이층 창 틈으로 불그스레한 불빛이 새어 나온다. 출입문은 굳게 잠겨 있다.

청운은 비상계단을 통해 옥탑으로 올라가 베란다 난간을 타고 조심스레 내려간다. 커튼 틈으로 방 안 풍경이 살짝 보인다. 호화찬란한 이불 위에 한 여인이 비스듬히 앉아 있다. 연분홍색 잠옷 차림이라 몸매의 곡선과 하얀 살빛이 내비친다. 원장이 마수를 뻗쳐 얇은 잠옷을 벗기려 하자 여인은 흠칫 놀라더니 울음을 터뜨린다.

"가만 있어. 뭐가 겁난다고 그래, 응? 말 잘 들으면 넌 이곳의 왕비가 되는 거야. 대신 만약 앙탈 부렸다가는 목을 잘라서 밖으로 던져 버릴 테다!"

원장의 엄포에 여인은 말없이 부들부들 떨기만 할 뿐이다. 청운은 살그머니 창문을 열고 안으로 들어선다. 원생 숙사와 달리 아방궁 창문에는 쇠창살이 설치되어 있지 않다. 멋진 전망을 감상하는 데 쇠창살은 방해물일 뿐이리라. 여인이 이불 위에 쓰러져 몸부림칠 때 청운은 황소처럼 씩씩거리는 원장 뒤로 다가가 머리카락을 잡아채 올리고는 추악한 면상을 강타한다. 원장은 코와 입에서 검붉은 피를 흘리면서도 호통을 친다.

"도대체 웬 놈이냐?"

"궁금하면 알려 주지."

청운은 주먹만 원장의 눈앞에 보이게 해서 흔든다. 그러고는 귀신처럼 음침한 목소리로 말한다.

"잘 보아 둬. 이것은 네가 부려 먹다가 부러뜨린 원생들의 팔이다."

"개장난 치지 말고 정체를 드러내라!"

원장은 분을 못 참아 이를 으드득 갈아 댄다.

"흐흐, 이게 개장난이라고? 그럼 한번 맛을 봐라."

청운은 탁자 위에 놓인 금빛 라이터를 집어 들어 찰칵 하고 불을 켠다. 그리고 소리 없이 타오르는 불꽃을 원장의 눈앞에 가져다 댄다. 억세고 험상궂게 구부러진 눈썹이 지지직 타면서 이마를 거쳐 앞 머리카락으로 불이 옮겨 붙는다. 작고 순수한 불꽃이……. 원장의 악마 같은 눈알에 그제야 공포감이 어린다. 그래도 지기는 싫은지 고래고래 소리를 지른다. 경비대를 부르는지도 모른다. 청운은 테이프를 꺼내 원장의 입을 봉하고 두 팔까지 칭칭 묶는다. 그런 다음 불꽃을 원장의 굵은 손가락 끝에 가져간다. 악마는 눈을 부릅뜨며 발버둥을 친다.

"엄살 떨지 마라, 이 괴수야. 네놈이 원생들에게 준 고통과 죄악에 비하면 이것은 국물 한 방울도 안 돼. 넌 죽어야만 한다. 밤이 새도록 이 불꽃으로 죄악이 깃든 네 몸뚱이를 조금씩 차근차근 태워서 없애 버리고 싶다."

뻔뻔했던 원장의 면상이 일그러지며 저도 모르게 푸르르 떨린다. 적대감보다 더 강한 공포심 때문인 듯싶다.

"좋아. 원생들은 네놈을 죽이고 싶겠지만, 만일 진실로 반성하고 뉘우친다면 혹시 용서해 줄지도 모르지. 네 잘못을 여기에 자백해라."

청운은 볼펜과 백지를 집어 원장 앞에 놓는다.

"그렇게 방아깨비처럼 대가리를 까닥거릴 필요는 없다. 네놈 술수는 이미 많이 겪었으니까. 내가 부르는 대로 또박또박 받아 적어야 한다. 알겠냐?"

원장은 붉으락푸르락한 얼굴로 마지못해 고개를 끄덕인다.

"사단법인 형제복지원 원장인 본인 박인근은 애초의 설립 이념을 스스로 배신하고 타락했습니다. 복지원이 아니라 지옥원으로 만들어 버린 사실을 인정하고 반성합니다. 죄 없고 가난한 사람들을 부랑자란 이름으로 끌고 와 가두었습니다. 원생 여러분의 자유와 인권을 빼앗은 채 강제 노동시키고, 살벌한 폭행과 살인 행위가 날마다 벌어졌습니다. 국민의 세금으로 마련된 국가 지원금을 받아 챙겨 원생들의 복지 보다는 본인의 사리사욕을 위해 횡령했으며, 그 가운데 일부는 집권당 에 정치 자금으로 투자했습니다. 형제복지원의 영원한 번영을 보장한 다는 조건으로……

이제 본인은 과거의 잘못을 뉘우치고 나아가 속죄하는 마음으로 원 장직을 내려놓고 이곳을 영원히 떠나려 합니다. 부디 용서해 주시기 바랍니다."

원장이 손을 부들부들 떨며 글의 마침표를 찍는 모습을 바라보던 청 운은 엄중한 어조로 덧붙인다.

"그 밑에 날짜와 당신 이름을 또록또록하게 쓰시오!"

박인근 원장은 증오심 어린 눈을 들어 청운을 노려본다. 하지만 냉 엄한 청운의 눈빛을 이겨 내지 못하고 결국 서명을 하고 만다. 볼펜 끝 이 파르르 떨린다. 청운은 마지막으로 책상에서 원장의 직인을 집어 인주를 듬뿍 묻힌 후 찍게 한다.

"수고했소. 이것은 형제복지원 곳곳의 게시판에 붙이고, 또한 언론 사에도 보내 당신의 뜻이 모든 국민에게 잘 전달되도록 하겠소."

하지만 청운은 곧 진한 한숨을 내쉬며 공상에서 깨어났다. 그것은 현실에서는 절대로 이룰 수 없는 일이었다. 만약 실현 가능한 일이라면 그 누가 애써 공상이나 몽상을 하겠는가. 현실에서는 이룰 수 없기에 그 염원은 더욱 절실하고 허전한지도 몰랐다.

옥이가 울고 있었다. 구슬피 흐느끼면서 하염없이 펼쳐진 황톳길을 걷고 있었다. 그 흐느끼는 소리는 저 먼 하늘가 혹은 어느 땅속에서 들려오는 듯싶었다. 그녀는 언덕을 지나더니 산모롱이를 돌아 푸른 산기슭으로 접어들었다. 청운이 큰 소리로 부르자 천천히 뒤돌아보았는데, 그녀의 흰 얼굴에는 눈이 없었다. 청운의 가슴속에는 한없는 비애감이 일었다. 큰 소리로 부르며 뛰어갔지만 그녀는 기다려 주지 않고 걸음을 옮기기 시작했다. 문득 그 뒷모습에서 정다운 목소리가 들려왔는데 엄마의 목소리처럼도 느껴졌다. 청운이 아무리 소리치며 달려가도 아득히 멀어져 갈 뿐 뒤돌아보지 않았다. 그녀가 걷는 속도보다 청운의 뜀박질이 훨씬 빠를 텐데도 이상하게 간격은 조금도 좁힐 줄 몰랐다. 앞에 낭떠러지가 불쑥 나타난 것은 그때였다. 청운은 그 자리에 얼어붙고 말았다. 걸어 보려 했지만 웬일인지 다리가 굳어 움직이지 않았다. 그런데 괴이하게도 그녀는 돌멩이를 하나씩 주워 주머니를 가득 채웠다. 그러더니 낭떠러지 앞의 허공을 그대로 걸어 물속으로 떨어지는 것이 아닌가! 그녀는 물거품만 남긴 채 다시는 수면 위로 떠오르지 않았다. 돌멩이의 무게 때문이었으리라. 청운은 그 자리에 선 채 울고 또 울다가 잠에서 깨어났다.

좀 안심이 되기는 했지만, 꿈에서보다 오히려 더 안타깝고 슬프고 허무한 심정이었다. 아마 옥이가 악몽보다 더한 병동에 갇혀 있기 때문일 터였다.

예전에 선감도에 잡혀갔을 때도 비슷한 꿈을 꾼 적이 있었다. 그때는 청운을 아껴 주던 박꽃 누나가 허망하게 사라지는 애달픈 악몽이었다. 어쩌면 박꽃 누나와 옥이의 신세가 비슷해서 그런지도 몰랐다.

청운은 마음속 각오를 새삼 다지듯 입술을 깨물었다. 붉은 피가 흘렀다. 그것은 울부짖는 그의 심정과도 같았다.

검은 크리스마스

목표가 아무리 거창하더라도 현실적으로 가능한 일부터 한 계단씩 실천하여 올라가야 한다. 허황된 욕심은 금물이다.

얼마 후 만난 청운과 짱구, 철수는 의논 끝에 박독구를 단풍 비밀결사대의 새 대원으로 받아들이기로 했다. 녀석의 단점은 조심하고 장점을 잘 활용한다면 많은 도움이 되리라는 판단이었다. 넷은 은밀히 모여 다음 작전을 준비하고 진척시켜 나갔다.

우선 3소대장 오금택에 대하여 독구가 가능한 한 많은 정보를 모으기로 했다. 청운과 짱구 그리고 철수도 나름대로 할 수 있는 만큼 힘을 쏟았다.

소문대로 놈은 하이에나처럼 흉악하고 여우처럼 간사한 자식이었다.

아니, 소문보다 훨씬 더 사악한 망나니였다. 사람 탈을 썼을 뿐 짐승이 오히려 놀라 달아날 정도로 추잡스럽고 이기적인 욕망의 덩어리…….

그는 원생들을 하인이나 하녀처럼 부렸다. 인간이 아니라 자기 마음대로 갖고 놀 수 있는 장난감 인형 또는 노예인 양 생각하지 않는다면 그런 짓을 하기 어려우리라. '통띠'라는 은어로 불린 성폭행을 마구 자행하여 수많은 어린 소년, 소녀의 영혼과 육신을 변태적으로 유린했으며, 약삭빠르게 사리사욕을 챙겼다.

특히 그놈은 원생들 앞에서 자주 박인근 원장을 위인이라며 찬양했다. 부처님이나 예수님보다 더욱 위대한 인물로서, 전두환 대통령 각하의 칙명을 받아 '정의로운 복지 사회 구현'을 위해 불철주야 노심초사한다는 것이었다. 비렁뱅이와 부랑자들을 모아 먹여 주고 재워 주고 훈련시켜 사람답게 만들어 주시니 공자님보다 현실상 위대하신 성인이라고 칭송했다. 그리고 박 원장의 말투를 엄숙하게 흉내 내며 형제복지원은 이 지상의 천국이라고 말했다.

일반 원생에게는 지옥이지만 아마 그놈 자신에게는 사실 천국인지도 모른다. 놈은 소대 내무반 안에서는 하나의 왕이었다. 마치 박인근 원장이 형제복지원 내에서 제왕으로 군림하는 것처럼……. 놈은 일단 내무반에 들어서면 원생들 앞에서 박 원장의 언행과 몸짓까지 모방하려 애썼다. 겉으로만 그러는 것이 아니라 내심 존경하며, 언젠가 미래에 자신도 그런 존재가 되어 보려는 모양새였다.

놈은 실제로 여러 가지 편법을 구사하여 이익을 챙겨 검은 뱃속을 사리사욕으로 채우고, 그 가운데 일부는 중대장이나 총무 등에게 상납하는 낌새였다. 어쩌면 그들과 함께 결탁하여 행동대장으로서 시키는 대로 활동하는지도 몰랐다. 원생들 노동으로 거의 대부분을 생산하는 만큼 그런 짓은 바로 원생의 피땀을 착복하는 것과 마찬가지였다.

청운을 비롯한 단풍 비밀결사대원들은 눈과 귀를 밝혀 그 추악스런 부정부패의 실상을 찾아내려고 애썼다. 그들은 다각도로 접근해 보려고 틈바구니를 탐색해 나갔다.

하지만 역부족이었다. 실체를 향해 다가갈수록 벽은 점점 단단해지고 미로는 한층 복잡해져 암흑 속에 감추어졌다. 소문 이상의 벽을 넘어 진실을 파헤치기란 계란으로 바위 치기처럼 느껴졌다. 복지원을 빙자한 복마전 속에서 부정부패가 은밀히 저질러진다는 낌새는 챌 수 있었으나 증거는 잡기 어려웠다. 대원들은 막막한 절망감을 느꼈다.

의논 끝에 결국 오금택 소대장을 직접 공격하여 그의 자백을 받아내기로 결정했다. 자필로 된 자술서를 받아 벽보로 활용하든지, 테이프에 녹음해서 확성기로 방송하는 방법 등을 모색하기로 했다.

우선 놈을 한적한 장소로 유인한다. 어디로? 교회 뒤쪽이나 옥상은 어떨까. 마침 얼마 후면 크리스마스다. 아무리 악랄한 형제복지원 원장도 그날은 특별히 약간 자비로운 마음으로 원생들을 풀어 준다. 원생들도 좀 들뜬다. 교회 예배 전후에는 축제 분위기가 난다. 물론 얼음 속에서 피는 꽃 같은, 혹은 셀로판 종이꽃 같은 느낌이 묻어나지만……. 원생들은 **빵**과 사탕 등 크리스마스 선물을 받아 먹으며 오랜만에 웃음을 지었고, 소대장급 이상 간부들은 어찌 구했는지 비밀스레 술을 마시며 회포를 풀기도 한다.

크리스마스 이브는 성스런 분이 태어남을 축하하는 날이기보다 예쁘고 섹시한 여성 이브를 그리워하는 밤으로 변질되었다. 특히 한국 사회에서. 그렇다 보니 강제수용소까지 그 여파가 번져 온 것이랄까. 아무튼 이 축일을 잘 활용하면 좋은 수가 생길 듯싶었기에 단풍 비밀 결사대원들은 필사적으로 곰곰이 머리를 짰다.

마침내 거사 날이 왔다.

다행인지 불행인지 아침부터 하늘은 우중충하게 흐렸다. 겨울비가 올지 하얀 눈이 내려 화이트 크리스마스가 될지 아직은 알 수 없었다. 그래도 조례대 위에 매달린 스피커에서는 발랄한 캐롤송이 흘러나왔다.

원생들은 추위 속에서 오후 다섯 시까지 노동에 시달렸다. 평소보다 한 시간 일찍 작업이 끝났다. 그러고는 모두 줄을 지어 교회로 비틀비틀 올라갔다. 육신이 너무 지쳐 정신 또한 나비처럼 훨훨 날 수 없는 것이었다. 그래도 조금쯤 주어진 자유의 느낌 속에서 그들은 참새 떼마냥 조잘거렸다.

예배 후 원장의 지루한 설교를 듣고 나서 원생들은 빵을 하나씩 얻어먹었다. 예수님의 살처럼 고귀하니 정성껏 먹으라는 중대장의 훈계가 있었다. 그리고 그것은 원생들을 자식만큼 사랑하시는 원장님의 은덕이라는 말이 덧붙여졌다. 마치 예수님과 박인근 원장을 같은 위치에 놓으려는 듯 교묘히 연결시키는 것이었다. 하지만 사실 그 빵은 원생들 자신의 노고와 국민 세금으로 만들어진 '피땀 어린 빵'이었다. 어쨌든 그들은 감사 기도를 올렸다.

얼마 후 원생 무리는 교회를 나와 비탈길을 내려가기 시작했다. 우중충하던 하늘에서 날리던 눈발이 차츰 굵어져 저녁 하늘을 하얗게 수놓고 있었다. 원생들은 환호성을 지르며 그것을 받아 먹었다.

원래 단풍 비밀결사대원들은 며칠 전부터 여러 가지 작전 계획을 준비했었다. 박독구가 나름 유심히 오금택 소대장의 스케줄을 탐색하고 다른 대원들 또한 각자 정보를 모으려 애썼다. 하지만 한계가 있었고 그 선을 넘기에는 역부족이었다. 그래서 '허허실실로 작전'으로 바꿀 수밖에 없었다. 가능한 모든 경우를 생각해 낸 다음 방도를 세웠다.

'꼭 오늘 성공해야만 한다는 고집을 버리자. 상황에 따라 적절히 작전을 펼치자. 왜냐하면 섣불리 놈을 잡으려다 우리가 죽는 수도 있으니까. 우리는 정규군이 아니라 유격대처럼 시시각각 상황을 살피다가, 적절한 때 여러 가지 준비해 둔 매뉴얼 중 하나 혹은 두세 개를 선택하거나 잘 섞어서 시도하자!'

대원들은 그런 방침 아래 상황을 주시하며 기회를 노렸다. 하지만 좀처럼 작전을 펼칠 만한 상황은 나타나지 않았다. 교회를 나온 직후 약간 어수선한 상태에서도, 대열을 지어 내려올 때도, 다 내려와서 인원 점검을 하고 나서 소대 내무반으로 들어갈 때까지도……. 이번에는 포기하고 다음 기회를 노릴 수밖에 없었다.

눈은 점점 더 펑펑 쏟아져 내려 죄악으로 물든 땅을 덮고 있었다. 부산은 원래 눈이 많이 내리지 않는 곳인데, 지형상 영향인지 때로는 한 번씩 의외의 폭설이 단시간에 내려 쌓였다. 그러고는 곧 씻은 듯이 그쳐 버렸다. 원생들은 무척 섭섭해 하는 기색이었다.

그때 갑자기 본관 앞에 매달린 마이크에서 소리가 우렁우렁 울려 나왔다.

"친애하는 원생 여러분에게 알립니다! 원래 우리 형제복지원에서는 크리스마스를 맞이하여 원생 여러분을 위안하는 잔치를 벌일 예정이었으나 날씨 관계로 보류되었습니다. 그런데 때마침 눈이 그쳐, 원장님 특명을 받은 중대장님 지시로 장기 자랑 대회를 열기로 했습니다. 다만 폭설로 미끄러질 위험이 있는 관계로 대회를 축소할 수밖에 없음을 양해 바랍니다. 각 소대장님들은 지금 즉시 소속 원생 중에서 각종 장기 자랑에 능한 사람을 뽑아 출전시켜 주시기 바랍니다. 노래, 개그, 코미디, 성대모사, 춤, 연극, 체육 특기, 마술 등 뭐든 유익하고 재미있는 것이면 상관없습니다. 각 소대 다섯 명 이내입니다. 빨리 선출하여 운동장으로 데리고 나오길 바랍니다. 다만 운동장이 미끄러운 관계로 원생 여러분은 조금 아쉽더라도 창문으로 구경하면서 관내 아나운서의 중계방송을 들으면 좋겠습니다. 여러분! 비록 축소되었을지언정 이것은 소대의 영예가 걸린 이벤트이자 경쟁입니다. 각자 팀을 위한 열띤 애정과 응원을 바랍니다!"

어디선가 술을 한잔 걸친 듯 얼굴이 불그스름한 소대장이 급히 뛰어

들어와서 선수를 뽑느라 서둘러 댔다. 자천타천 시끌벅적했다. 청운은 즉시 자원했다.

"야, 너한테 무슨 장기가 있다고 그래?"

조장 놈이 빈정거렸다.

"각설이 타령을 아주 구성지고 재미나게 뽑을 수 있습니데이."

청운은 일부러 다리를 과장스레 절룩거리며 코믹하게 대꾸했다.

"그깟 것 가지고 되겠냐. 일단 한번 뽑아 봐."

"예이~ 분부 거행하겠사옵니다."

청운은 짐짓 너스레를 떨고 한쪽 바짓가랑이를 걷어 올렸다. 그러고 는 목청을 가다듬은 후 옛날 어린 시절에 엄마에게 버림받고 거지 신 세로 떠돌며 남의 집 앞에서 구걸하던 기억을 떠올리면서 타령을 흥얼 거렸다.

얼씨구 씨구 들어간다

절씨구 씨구 들어간다

작년에 왔던 각설이가 죽지도 않고 또 왔네

아하 품바가 잘도 한다 어허 품바가 잘도 헌다

일자나 한 자나 들고나 보니

일백 년도 못살 인생 사람답게 살고파라

이자나 한 자나 들고나 보니

이놈의 세상 유전무죄 무전유죄 도는 세상

삼자나 한 자나 들고나 보니

삼천리에 붉은 단풍 들고 우리네 가슴에는 피멍 든다

사자나 한 자나 들고나 보니

사시사철 변함없이 행복하게 한번 살아 보세…….

아무래도 청중의 반응이 별로인 것 같아 막판에 청운은 비틀비틀 대다가 별안간 공중제비를 두 바퀴 돌아 사뿐 착지했다. 그제야 웃음과 박수 소리가 터져 나왔다.

"야, 각설이 짓은 그만두고 공중제비나 세 바퀴쯤 돌도록 해."

구경하던 소대장이 명령했다.

"예!"

청운은 크게 대답했다.

이어서 나훈아의 노래와 배삼룡의 코미디를 흉내 내는 놈들이 지원해서 뽑혔다. 평소에도 가끔 저녁 한때의 자유 시간에 기량을 발휘하여 고달픈 원생들을 즐겁게 해 주기 때문이었다. 세 사람은 소대장의 인솔하에 운동장으로 나갔다.

하얀 눈을 뽀드득 뽀드득 밟으며 조례대 앞에 정렬한 후 재빨리 눈을 굴려 살펴보던 청운은 몇 줄 건너 서 있는 박독구를 발견하고는 회심의 미소를 지었다.

장기 자랑 대회가 본격적으로 시작되었다. 가설무대 옆의 눈밭에 서서 기다리는 동안 청운은 추운 줄도, 누가 무슨 재미난 재주를 발휘하는지도 별로 잘 몰랐다. 그의 마음은 언제 어떻게 좋은 기회를 잡아 작전을 펼칠지 하는 문제에 쏠려 있었다.

그는 무대 앞쪽에 모여 선 채 일종의 청중 역할을 하는 소대장과 조장들 가운데 목표물인 오금택 소대장을 바라보았다. 놈은 너구리 같은 낯짝으로 눈알을 굴리며 무척 지루한지 간혹 동료 소대장과 이야기를 나누면서 시린 발을 구르고 있었다. 아마도 빨리 내무반의 자기 자리로 돌아가 누워 쉬고 싶은 모양이었다. 무대 위에서는 별로 우습지도 않은 개그가 끝나고, 이어 인기 가수 조용필의 〈돌아와요 부산항에〉를 어느 출전자가 개작 모창했다.

꽃피는 동백섬에 봄이 왔건만
형제 떠난 형제원에 갈매기만 슬피 우네
오륙도 돌아가는 연락선마다
목메어 불러 봐도 대답 없는 내 형제여
돌아와요 형제원에, 그리운 내 형제여

가고파 목이 메어 부르던 이 천국은
그리워서 헤매던 긴긴 날의 꿈이었지
언제나 말이 없는 저 물결들도
부딪쳐 슬퍼하며 가는 길을 막았었지
돌아왔다 형제원에, 그리운 내 형제여…….

수상한 형제복지원과 비밀결사대

그때였다. 어디선가 찢어지는 비명 같은 외침이 들려왔다.

"불이야!"

고함 소리와 웅성거림이 뒤섞여 번져 나갔다.

"불이야, 불!"

반주 음악이 꺼지고 곧이어 확성기에서 다급한 목소리가 터져 나왔다.

"전 원생에게 알린다! 비상사태가 발생했다! 경거망동을 삼가고 모두 일사불란하게 운동장으로 집결하여 지시대로 진화 작업에 고군분투하길 바란다!"

불은 교회 쪽에서 난 것 같았다. 불꽃까지는 아직 잘 보이지 않았지만 잿빛 연기가 뭉게뭉게 피어오르고 있었다. 원생들은 무리 지어 나와 교회를 향해 올라갔다. 황급한 마음에 서두르는 자도 있었으나 대부분 조장들의 채근에 못 이겨 애쓰는 척할 뿐 그냥 꾸물거리며 강 건너 불구경하는 기색이었다.

청운은 다른 데는 신경 쓰지 않고 오직 오금택의 뒤만 고양이처럼 멀찍이서 살살 따라갔다. 여느 소대장과 조장들은 나름 지휘력을 발휘하려 노력하고 있었지만, 비상시국인지라 그다지 통하지 않았다. 일종의 카니발이랄까. 제 나름대로 힘을 쏟거나 그러는 척하면서 일단 대충 상황을 넘기는 것이다. 수용소의 혼란은 일시적인 자유와도 통하는지 모른다. 형제복지원과 일반 사회는 과연 어떤 차이가 있을까? 이곳에서 저마다 살아 보려 애쓰는 것과 저 바깥 현실에서 각자 살아 나가려 애쓰는 모양은 비슷한 점이 전혀 없는가?

멀리 교회 앞마당에서는 먼저 도착한 원생들이 바삐 물을 길어 나르거나 눈을 바께쓰에 퍼 담아 화재를 진압하는 모습이 보였다. 이 축제의 날에 저 불은 대체 어찌하여 일어난 것일까. 청운의 머릿속은 원생들의 발걸음처럼 바쁘게 돌아갔다.

'자연 발화일까, 혹시 누가?'

작전 매뉴얼에는 하나의 방책으로 불 지르기도 포함되어 있었다. 그 화재를 이용하여 거사를 도모하는 것. 그렇다면 혹시 머리 좋은 짱구 녀석이 상황을 판단한 결과 불을 지른 건지도 몰랐다. 어쨌든 이 기회를 최대한 활용해야 했다.

'그런데 짱구 녀석은 괜찮을까? 부디 제발 그래야 할 텐데……. 머리 회전에 비해 행동은 좀 굼뜬 편이라서 걱정이군.'

청운은 생각하는 한편 오금택 소대장을 주시하면서 은밀히 걸어 올라갔다.

그런데 교회 건물을 50미터쯤 앞둔 지점에서 오금택은 갑자기 방향을 바꾸어 샛길로 들어서는 것이었다. 그곳은 교회와 공장의 중간 정도 되는 거리였는데, 그 길로도 교회에 갈 수는 있었으나 일반 원생들은 그다지 사용하지 않았다. 아마 붉은 완장 찬 자의 특권 의식이 발동했는지 모른다고 생각하며, 청운은 조심스레 따랐다. 슬쩍 뒤돌아보니 저 아래에서 박독구가 바삐 올라오고 있었다. 청운은 이마를 닦는 척 손을 한번 들어 올리고는 오솔길로 들어섰다. 웬일인지 오금택은 교회

쪽으로 올라가지 않고 공장 쪽으로 내려가는 것이었다. 뜻밖이었다.

청운은 나무 뒤에 숨은 채 좀 지켜보았다. 무슨 속셈인지 모르기 때문이었다. 혹시 놈이 눈치챈 것은 아닐까 하고 걱정스럽기도 했다.

'그런데 왜 엉뚱한 곳으로 갈까?'

놈은 빈터를 질러 변소 안으로 들어갔다. 무척 급했던 모양이군. 청운은 독구에게 신호를 보내고 나서 살그머니 출입구로 다가갔다. 오금택은 오줌을 내갈긴 후 담배를 붙여 물고는 유유자적 휘파람을 불기 시작했다.

'참으로 한심스런 놈이군. 남들은 불 끄느라 고생하는 판에 제 혼자 담뱃불을 물고 희희낙락 노닥거리다니 말야. 나쁜 놈이란 나뿐인 놈, 즉 자기 자신의 사리사욕만 챙기는 놈이라더니 바로 저놈이 딱 그 꼴이군.'

옆얼굴을 보이며 담배 연기로 도너츠를 만들어 내던 놈이 인기척을 느끼고 눈을 채 돌리기도 전에 청운은 번개같이 달려들어 그놈의 턱과 복부를 동시에 가격했다. 놈은 무릎이 꺾여 쓰러지더니 기절해 버렸다.

청운은 준비해 온 헌 양말을 놈의 입에 쑤셔 넣고 청테이프로 살짝 봉했다. 그리고 눈에도 붙였다. 그때 독구가 들어왔다. 그는 놈의 다리를 묶으며 물었다.

"괜찮아?"

"응."

"죽지는 않았겠지?"

"그래."

청운은 주머니에서 볼펜과 백지를 꺼낸 후 오금택의 양 뺨을 몇 번 세게 쳤다. 독구가 깡통에 물을 받아 와서 뿌리자 놈은 신음 소리를 내더니 서서히 깨어났다. 청운은 볼펜 끝으로 오금택의 볼때기를 세게 찌르며 독구에게 당부했다.

"망 잘 봐."

"알았어."

오금택이 머리를 흔들어 대며 발버둥을 쳤다. 청운은 볼펜을 놈의 손에 쥐어 주며 귀신 목소리처럼 속삭였다.

"네 죄를 알렸다?"

"아니 대체, 무 무슨 소리야."

작고 흐릿한 소리로 놈이 중얼거렸다.

"사람의 목숨 값은 다 똑같을 것이다. 그런데 너희들은 원생들을 마음대로 죽이고 괴롭혔다. 그 빚을 대신 받으려 한다."

"뭐, 죽인다고?"

쥐어 짜내는 듯한 소리였다.

"네 죄악을 고백하면 죽이지는 않겠다."

"뭘 고백?"

"긴말할 시간이 없다. 내가 부르는 대로 적으면 돼."

청운은 청테이프를 살짝 떼어 한쪽 눈의 반의 반쯤만 보이게 해 주었다. 놈이 올려다보려기에 머리통을 우악스레 잡아 바닥에다 꽝 찧었다. 시멘트 조각에 부딪힌 이마빼기에서 불그죽죽한 핏방울이 맺혔다.

"으악! 씨발, 어쩌라고?"

"잔말 말고 적어! 본인 오금택은 인간으로 태어났으면서도 인간답게 행동하지 못하고 본의 아니게 원생들을 짐승 취급했습니다."

"이런 것을 적어서 뭘 하려고?"

"시끄러!"

놈은 말 대신 종이에 끄적끄적 몇 자 적었다.

"박 원장에게 보낼까 해."

청운이 말하자 놈의 목소리가 떨렸다.

"뭐? 그럼 난 모가지야. 소대장 완장이 문제가 아니라 즉각 죽게 된다고!"

"니 생명 아까운지 잘 알면서 왜 남의 목숨은 개미처럼 짓밟았어, 응? 어서 써!"

"그렇게는 못해. 어차피 죽을 텐데 왜 내 손으로 직접 살인 초대장을 쓰겠어."

"그렇다면 별 수 없지. 우선 발톱부터 뽑고 나서 손톱과 이까지 뽑아 주지."

청운은 청테이프를 다시 붙여 버린 후 일부러 음험한 목소리로 흐흐흐 웃으며 놈의 발을 잡아 들었다.

"아앗, 안 돼!"

"그럼 볼펜을 잡으시든지."

"알았어, 개새끼야!"

"형제복지원은……."

청운이 입을 열려고 하는 순간, 문가에서 망을 보던 독구가 다급히 손사래를 치며 속삭였다.

"누가 이리로 와. 어서 피하는 것이 좋겠어!"

"골치 아프군. 몇 명이야?"

"두 명. 아니 뒤에 세 놈이 더 따라오는군."

그 와중에도 독구는 목소리를 다르게 바꾸었다. 아마 자기가 소속된 소대의 오금택 소대장이 알아채지 못하게 하려는 셈셈이었다. 만일을 위해 청운도 그렇게 했다.

"무슨 일일까? 불이나 끄지 않고……. 아까 누군가 우리를 본 놈이 있을까?"

"그럴지도 모르지. 상황을 보니 불길이 거의 잡힌 것 같네. 요란스럽던 소동이 가라앉고, 검은 연기도 별로 보이지 않아. 소대장이 안 보이자 이리저리 찾으러 다니는지도 몰라. 이제 어쩌지?"

오금택이 목구멍 속에서 비명을 짜내려 발버둥을 치자 청운은 놈의 명치 부근에 일격을 가해서 다시 기절시켰다. 그러고는 독구에게 말했다.

"일단 숨겨 놓고 보자."

"그래."

둘은 놈의 멱살과 다리를 잡아 들고 급히 움직였다. 하지만 그다지 마땅한 장소가 없어 구석진 변소 안에 밀어 넣었다. 그리고 둘은 소변대 앞에 붙어서서 오줌을 누는 척했다. 그 순간 놈들이 들이닥쳤다.

"거기 누구야? 지금이 어느 때인데 여기서 노닥거리고 있어. 소속과 성명을 불어!"

위기일발의 순간이었다. 문득 독구가 목청을 가다듬더니 말했다.

"음, 수고가 많군. 나 오 소대장이다."

"아니, 소대장님은 여태껏 여기서 뭐하십니까? 지금 중대장님이 찾고 계셔서 여기까지 내려왔습니다."

"어 그래? 갑자기 설사가 나는 바람에 말야. 불은 다 껐나?"

"예, 거진 잡혔십니더. 근데 옆에 그 사람은 누굽니꺼?"

"아, 우리 소대 놈인데, 내가 현기증이 나서 비틀거리니까 부축해 온 거야."

"아 예……. 그런데 소대장님 목소리가 우째 좀 이상스런 것 같습니더."

"기운이 빠져서 그렇지 뭘. 아따 참 죽겠다."

"우짠지 키도 좀 줄어든 것 같고……."

"매가리가 빠지니까 쭈그러들지 어쩌겠냐. 어서 가 봐. 나도 곧 나갈 테니."

"아니, 저희가 모시고 가야지예. 걱정스러운께 소대장님 얼굴도 좀 뵙고……."

플래시 불빛이 독구의 옆얼굴을 비추었다.

"아니, 소대장님이 아니잖아! 이 새끼들 간첩 같으니 어서 때려잡자!"

놈들이 소리를 지르며 몰려들었다. 순간 독구의 주먹이 플래시 든 놈의 콧등을 강타하여 쓰러뜨리고 이어 덤벼드는 놈의 복부에 어퍼컷을 먹였다. 세 번째와 네 번째 놈이 몽둥이를 휘두르려는 찰나 청운이 슬쩍 비켜 나서며 주먹과 무릎 치기를 동시에 날려 쓰러뜨렸다. 그러자 마지막 놈은 전의를 상실한 채 돌아서며 고함을 내질렀다.

"비상! 비상! 반동분자가 사람 죽인다!"

독구가 도망치려는 놈의 뒷덜미를 잡아채 박치기를 하자 해롱해롱하다가 무릎이 꺾였다. 하지만 비명을 들은 원생들이 방향을 바꾸어 변소 쪽으로 다가오고 있었다.

"이제 어떡한다? 막다른 골목에 몰렸군."

청운이 말했다.

"이놈들이 나쁜 짓을 하기에 혼내 주었다고 저들을 설득하면 어떨까?"

독구가 비장한 표정으로 대꾸했다.

"저기 두어 놈이 몽둥이를 들고 있잖아. 아마 조장 놈들일 거야. 일반 원생들은 아마 우리 말보다 완장 찬 놈들의 말을 들을 테지. 너무 많은 폭력을 받고 세뇌 당한 끝에 형제복지원을 지옥 아닌 특별한 천국으로 생각하는 원생도 있으니까 말야."

"그럼 어쩌지?"

청운은 독구를 구석으로 끌고 가며 작게 말했다.

"넌 얻어맞은 척 여기 쓰러져 있어. 그러다가 어수선해진 틈을 타서 재주껏 슬쩍 빠져나가."

"그럼 넌?"

"어차피 한 명은 총대를 메야 해. 그렇잖으면 결국 너와 나를 포함해서 죄 없는 원생들만 닦달을 당할 테니까."

"그럼 내가 할게."

"아니야. 니 꿈이 배우니까 연기를 잘 해야 해."

"임마, 그럼 같이 엎드려 있자고. 그게 더 좋을 것 같은데?"

"결국 고통 당하는 원생만 늘어날 뿐이야. 범인을 찾기 위해 나중에 심한 고문을 할 테니까. 시간이 없어. 잘해 봐."

말과 동시에 청운은 독구의 콧잔등에 일격을 날렸다. 코피가 줄줄 흘러내렸다. 그래도 버티려는 동지同志에게 마지못해 일격을 가해 쓰러뜨린 후 청운은 재빨리 입구 쪽으로 나섰다. 하지만 이미 몽둥이를 꼬나든 놈들과 그들의 명령에 따르는 원생들이 문 앞으로 몰려들고 있었다.

'일단 이 벽만 통과하면 활로가 좀 보일 텐데……'

청운은 생각하며 위기에 몰린 스라소니처럼 잔뜩 긴장한 채 기회를 엿보았다. 아무래도 정면 돌파 외에 다른 방법은 없는 듯했다. 청운은 옥이가 비밀스레 만들어서 전해 준 복면을 주머니에서 꺼내 쓰고는 심호흡을 했다. 다급한 순간에 문득 이소룡이 떠오른 것은 무슨 조화일까? 특히 〈정무문〉에서 일본군에 둘러싸인 채 홀로 대결하는 명장면……. 아마도 상황이 비슷하기도 하지만, 그가 영화의 주인공이면서 연기자를 넘어 투혼을 펼쳤기 때문이 아닐까 싶었다. 위기의 순간에 결사적인 용기를 내면 그런 활화산이 폭발할지도 몰랐다.

청운은 문 옆에 웅크리고 있다가 조장들과 똘마니들이 몽둥이를 휘두르며 몰려드는 순간 "아비요!" 하고 괴성을 내지르면서 조장 놈의 턱에 주먹을 날렸다. 놈이 나뒹굴며 전열이 흐트러지는 틈을 타 청운은 북파공작원 훈련소 시절 실전했던 대로 박치기와 주먹, 팔꿈치, 무릎 기술을 종횡무진 구사하여 네댓 명을 전광석화처럼 쓰러뜨리고 곧장 돌진해 나갔다. 조금만 더 버티고 뛴다면 일반 원생들의 무리 속으로 섞여 들 수 있을 것 같았다.

겨울 저녁의 어둠은 점점 짙어지고 있었다. 붉은 완장 찬 놈들과 그 똘마니들을 제외한 일반 원생들은 체포하는 데 적극 동조하기보다 겉으로만 수선을 떨 뿐 오히려 탈출해 나오길 바라는 기색이었다. 비록 저들이 도와주지는 않지만, 저 속에만 들어가면 은근슬쩍 숨겨 줄지도 몰랐다. 이제 두세 놈만 더 치고 나가면 희망이 있을 듯싶었다. 청운은 몽둥이를 검도 하듯 모아들고 내려쳐 오는 완장 놈의 가슴팍을 어깨로 들이받은 후 양옆에서 협공하는 놈들을 원투 스트레이트 펀치로 제압했다. 바로 그때 청운은 뒷머리와 어깻죽지에 묵직한 타격을 느끼고는 쓰러졌다. 발길질과 몽둥이질이 마구 쏟아졌다.

수상한 형제복지원과 비밀결사대

지하 감옥에서 만난
아버지, 아버지, 아버지

청운은 컴컴하고 좁은 이상스런 공간에서 겨우 눈을 떴다. 퀴퀴한 냄새가 코를 찔렀다. 차가운 바닥에 널브러져 있던 그는 상체를 일으키려다가 신음 소리를 흘리며 다시 쓰러졌다. 온몸이 만신창이가 된 듯 고통스런 모양이었다.

'여기는 대체 어딜까? 현실인지 지옥인지 악몽 속인지 아리송하군.'

독백하던 그는 얼마 후 문득 기억이 떠오르는지 한숨을 푹 내쉬었다.

'음, 독구 녀석하고 작전을 벌이다가 도리어 잡혔지. 그 녀석은 어떻게 되었는지 모르겠군. 탈이 없어야 할 텐데……. 아마 여기는 말로만 듣던 지하 감옥인 모양이군. 음, 손가락 하나 꼼지락거릴 수 없으니 살인적인 매타작을 당한 듯싶은데……. 그런데 왜 아예 때려 죽이지 않았을까?

그는 자신이 아직 살아 있다는 사실보다 그것이 더 의아스런 모양이었다.

실제로 그렇기는 했다. 무슨 작은 실수를 해도 재수 없으면 맞아 죽는 경우가 비일비재한데 난동을 부리고도 목숨이 붙어 있으니 말이다. 하기는 청운도 들은 바가 있기는 했다. 지하 감옥은 독종 중 악질 독종만 가두는 곳이었다. 이를테면 단번에 죽이기에 아까운 자들만 골라 감금하고는 괴롭히다 서서히 시체로 만들어 버리는 현실 속의 지옥이었다. 일단 그곳에 들어가면 밥도 물도 먹지 못한 채 홀로 고통에 허덕거리다 주검으로 변해서야 나올 수 있었다. 그러니 차라리 죽음보다 더 두려워할 수밖에 없었다.

'아, 대체 왜 인간이 인간을 이렇게 핍박해야 한단 말인가? 내가 사람이 아니거나 그들이 사람 아닌 괴이한 무엇일 수도 있다. 다른 동물은 생긴 대로 살아가는데, 왜 인간은 같은 탈을 쓰고서 동족인 인간을 악마처럼 잔혹하게 짓밟는가?'

청운은 옷이 모두 벗겨진 알몸 상태로 차가운 시멘트 바닥에 웅크려 누워 벌벌 떨며 입술을 깨물었다. 시간마저 얼어붙어 전혀 흐르지 않는 것 같았다. 어두컴컴하고 꽉 막힌 좁은 감옥은 의식마저도 마구 조여 왔다. 청운은 곧 미쳐 버릴 것만 같아 머리를 바닥에 찧다가 숨을 헐떡이며 눈을 꼭 감았다.

절망으로 가득 찬 머릿속에 비렁뱅이 꼴로 떠돌던 어린 날이 떠올랐다. 그는 암담한 현실에서 잠시나마 벗어나기 위해 고달프되 자유로웠던 그 기억을 마음속으로 음미했다. 하지만 부랑아에게 진정한 자유는 없었다. 오히려 도둑으로 누명을 쓴 채 선감도 아동수용소로 끌려갔다.

'아, 운명이란 과연 무엇이란 말인가! 진정 운명의 장난이 있기라도 한가?'

생각할수록 기구하게만 느껴지는 인생이었다. 청운은 괴로워하며 이리저리 뒤척였다.

그는 마음속으로 '엄마' 하고 불러 보았다. 어느 겨를에 눈물이 가득 맺히더니 흘러내렸다.

뒷산 멀리에서 소쩍새인지 부엉이인지 모를 새의 울음소리가 메아리치며 들려왔다. 어딘지도 모를 고향의 뒷동산에서 청아하게 울던 뻐꾸기 소리가 그리웠다.

문득 어떤 기억이 그의 머릿속에 떠올랐다. 아버지에 대한 기억이었다. 두견새 울음소리가 귓가에 맴돌았지만, 암흑 속에서 공포에 시달리고 극도로 굶주린 나머지 의식이 오락가락하는 상태였으므로 그것이 환각인지 악몽인지 분간할 수가 없었다. 사실 그는 가수면 상태에 빠져 있었다.

사람은 죽음을 맞닥뜨릴 때야 생명에 애착을 갖는다. 그 전에는 허비하는 경우가 많다. 그것을 인식시켜 준 사람은 아버지였다. 아버지는 젊은이답지 않게 점술 따위의 미신을 신봉하는 좀 별스런 양반이었다.

아버지가 그렇게 된 원인은 그의 어머니 때문이었다고 한다.

할머니는 딸만 다섯을 내리 낳다가 겨우 아들을 얻었다. 아들을 얻으려는 할머니의 노력은 참으로 눈물겨웠다고 한다. 서낭당에서 기도는 물론이고, 전국에 영험하다는 곳은 모두 찾아다니며 손이 발이 되게 빌어도 보았다. 그러나 아무런 효험이 없자 할머니는 어떤 신흥 종교 단체에 들어가 맹렬히 기도하기 시작했다. "훔바리 훔바라쿰……." 하면서 온종일 미친 듯이 읊조렸다. 그 신령한 효험 덕인지 어쩐지는 몰라도 할머니는 그렇게 해서 아들을 얻었고, 자신의 신앙에 광적인 신념을 갖게 되었다. 그러다 보니 집에 무슨 일이 생길라치면 먼저 교회를 찾았고, 손수 마당에 바가지를 엎고 칼을 꽂은 다음 끓는 물을 뿌리며 악귀를 쫓기도 했던 것이다.

"너는 아로아 천왕님이 내려 주신 귀한 애란다. 암, 귀하고 말고."

늘 그런 소리를 들으며 자란 아버지라서 정상적인 생각을 지닐 수 없었던 모양이다. 항상 할머니 손을 빌리다 보니 오줌을 눌 때도 제 손으로 바지를 내리지 못하고 징징 울었다고 한다. 밥도 떠먹여 주어야 했고, 연날리기나 팽이치기 등 즐거운 놀이도 스스로 하지 못하고 할머니가 대신 해 주는 것을 보며 바보처럼 히히 웃기만 했다는 것이다.

훗날 할머니와 엄마에게 그런 이야기를 들을 때마다 청운은 자신은 결코 그렇게 하지 않으리라 다짐했다.

청운은 고향의 푸른 하늘 아래에서 황토와 싱그러운 풀꽃 향기를 맡으며 뛰어다녔다.

수상한 형제복지원과 비밀결사대

전쟁이 끝난 지 얼마 되지 않던 때였지만 그곳에서 보낸 유년은 그런대로 행복했다. 누구나와 마찬가지로 어린애들이란 진종일 마을을 들쑤시고 다니며 노는 것이 전부였으니까.

아버지는 노름방에서 살다시피 했다. 그러다가 밑천이 떨어지면 조상이 물려준 땅을 팔아 다시 노름판에 끼여 앉았지만, 그 돈 역시 며칠을 못 넘기고 날려 버리기 일쑤였다. 엄마의 얼굴에는 한시도 수심이 걷힐 날이 없었다.

당장 생계가 막막한 노릇이었다. 한데도 아버지의 노름은 변함이 없었다. 변하기는커녕 그 일로 끝장을 보고 말겠다는 듯 아예 노름방에서 죽쳤다. 결국 생계비 걱정까지도 엄마 몫이 될 수밖에 없었다.

엄마가 처음 구한 일자리는 삼 껍질을 벗기는 일이었다. 공터에다 삶은 삼나무를 쏟아 놓으면 손으로 그 껍질을 벗겼다. 아버지의 병은 그즈음 생겼다. 어느 날 아버지는 전에 없이 피곤한 기색을 하고 노름방에서 돌아왔다.

"그렇잖아도 힘이 드는데 한여름에 고뿔이 뭐야! 미치겠군."

아버지는 가래 끓는 소리로 뇌까리며 자리에 누웠다. 허풍스런 신음에 식은땀까지 흘렸다. 엄마가 약국에 가서 감기약을 지어 왔다. 하지만 증세는 쉽게 가라앉지 않았다. 얼마 후에는 가슴이 아프다고 신음하더니 급기야 각혈을 했다.

"쯧쯧! 이 지경이 되도록……. 하기야 폐병이 몸을 속이고 여간 까다롭잖지."

불러온 의원이 난처해 하며 말했다.

당시 의학 수준으로 보아 아버지 병은 절망적이었다. 아버지는 부적을 받아 오라고 명령했다. 엄마는 부적을 받아 와서 아버지 베개 밑에 넣어 놓았다. 그러는 한편 엄마 나름대로 민간요법에 한 가닥 희망을 걸고 뛰어다녔다.

우선 수난을 당한 것은 뱀이었다. 뱀이 폐병에 특효라는 이야기를 들은 엄마는 날만 새면 자루와 막대기를 들고 산을 헤매었다. 절박감 때문일까. 엄마는 구렁이며 꽃뱀 따위를 적잖이 잡아 왔고 그 뱀들은 곧바로 약탕관으로 들어가 꿈틀거리다 죽었다. 그러나 뱀 수십 마리를 먹고 부적을 썼음에도 아버지 병은 전혀 차도가 없었다. 그래도 엄마는 포기하지 않았다. 그러면 그럴수록 신묘한 비약을 수소문하러 다녔다.

그런 어느 날 한 노신사가 집으로 찾아왔다. 깔끔한 양복 차림에 손에는 붉은 책을 들고 있었다. 그는 툇마루에 걸터앉으며 중얼거렸다.

"허! 맑고 밝은 하늘에 저 먹구름 한 점이 웬일인고?"

마당에서 약을 달이고 있던 엄마는 눈을 동그랗게 뜨며 그를 보았다.

"동지섣달 센바람도 삼월 봄바람도 아무 효과가 없구나!"

엄마가 다급히 물었다.

"저, 어디서 오신 분인가요?"

"허허, 어디서 온들 무슨 대수겠소. 그나저나 냉수나 한 사발 주면 고맙겠소이다만……."

엄마는 부리나케 샘으로 달려가 냉수 한 사발을 떠 왔다.

"음, 시원하군."

"저, 좀 전에 하신 말씀은 무슨……."

"아, 그것은 나도 모르게 튀어나온 하늘의 계시요."

노신사는 그러면서 천천히 물 마시는 여유를 부렸다. 그때였다. 처음부터 듣고 있었는지 아버지가 갑자기 방문을 열고 해골만 남은 얼굴을 내밀었다.

"이, 이보시유. 선생은 저를 살려 주실라구 하늘이 보내신 분이 맞지요? 저도 알아요."

"원, 별말씀을. 저 같은 자가 무슨 힘으로……."

"아, 부탁합니다. 제발……."

지푸라기라도 잡으려는 필사적인 몸부림이었다. 부부는 한 몸이랄까. 엄마도 마찬가지였다.

"제발 저희를 살려 주시는 셈치고 방도가 있으면 알려 주십시오. 그 은혜 잊지 않겠습니다."

"허, 사정이 딱한 줄 짐작했지만, 인간사 길흉화복을 어떡한단 말이오. 기도를 드려 보는 것이 좋을게요."

노신사는 슬그머니 일어서려는 동작을 취했다. 아버지는 다급히 소리쳤다.

"오오, 천사님! 다 죽어 가는 사람을 보구 어떻게 그냥 가실라구 하십니까?"

"허, 이것 참……."

노신사는 난처한 안색으로 입맛을 다셨다. 그러더니 곧 음성을 중후하게 바꾸어 중얼거렸다.

"허허 참, 냉수 한 사발로 천기를 누설할 수도 없고……."

엄마는 방으로 들어가 꼬깃꼬깃 접은 지폐 몇 장을 꺼내 와 노신사 손에 쥐어 주었다.

"허허, 이러자는 소리가 아닌데……. 아무튼 죽고 살고는 둘째치고 한 가지 물어나 봅시다. 사주가 어떻게 되오?"

"사주라고요?"

"그렇소."

"예. 호랭이띠입니다."

"호랭이라……."

"네, 팔월 한여름에 났습니다."

"흠, 더위 먹은 호랭이라…… 그랬군, 그랬어. 내 예감이 맞았어."

한동안 손가락으로 육갑을 짚어 가던 노신사는 잔뜩 굳은 얼굴로 신음하듯 뇌까렸다.

"그, 그럼 어떻게 되는 것인가요?"

아버지가 되물었지만, 노신사는 계속 침묵할 뿐 더 이상 대꾸가 없었다. 엄마가 다시 몇 푼인가를 더 꺼내 주며 말했다.

"무슨 말씀을 하셔도 놀라지 않을 테니 제발 말씀해 주세요. 그게 어쨌다는 것인가요?"

노신사는 비로소 결심한 듯 고개를 들었다.

"내 말을 잘 들으시오. 나는 지금 당신들의 절실한 간청에 감복하여 감히 신명을 어기고자 하는 바이오. 그에 따른 마음의 고통이 엄청나다 해도 나를 원망치 마시오. 알겠소?"

"네, 여부가 있나요. 어서 말씀하세요."

노신사는 헛기침으로 목청을 한 번 울리고 나서 말을 이었다.

"아까 이 집 앞을 지날 때였소이다. 문득 웬 서늘한 기운 한 줄기가 내 이마를 타고 지나가지 뭐겠소? 급히 하늘을 올려다보니 웬 시커먼 먹구름 한 덩어리가 지붕 위에 머물러 있었소이다."

엄마가 흠칫 놀라 지붕 위를 올려다보았다.

"쯧, 그게 아무 눈에나 보이겠소? …… 한데 놀라지 마시오. 그 먹구름을 자세히 본즉 그것은 다름 아닌 바로 독거미 떼의 운기더라 이 말이오."

"뭐라고요?"

"커다란 독거미 떼가 서로 엉켜 있는 형상의 운기……. 독거미가 늙은 호랭이를 파먹는 거외다."

엄마의 안색이 백지장처럼 변해 갔다. 반면 아버지의 얼굴은 불그죽죽해졌다.

"한데 그 수가 매년 한 마리씩 늘어나는 형세로 보아 이는 필시 나이를 가리킴이 분명하오. 혹시 댁네 중에 현재 일곱 수의 아이는 없는지?"

"저 우리 청운이가 일곱 살인데……."

"음…… 내 그럴 줄 알았지. 그 애가 태어난 것은 언제요?"

"늦여름……."

"흠, 독거미가 가장 왕성하게 활동할 때로군. 바로 그 애요."

"뭐라고요?"

"그 애가 바로 먼 조상의 업보를 받아 독거미의 살을 품고 태어났소. 지붕 위의 살기도 그 애한테서 뿜어 나오는 것이고, 또한 그것이 저 양반의 기혈을 빠는 중이라 이 말이외다."

엄마는 소스라치게 놀랐다. 방 안의 아버지가 힘겹게 지탱하던 상체를 이불 위로 무너뜨리며 폐부 깊숙이에서 무거운 신음을 토해 냈다.

"허! 두렵고도 두렵도다……."

노신사의 탄식이 꼬리를 길게 끌었다. 넋 나간 듯 서 있던 엄마가 떨리는 목소리로 물었다.

"그, 그럼 이제 우리는 어, 어떻게 해야 하나요?"

"어떡하기는…… 호랭이와 독거미 중 한쪽이 죽어야만 다른 한쪽이 살지."

아! 그 황당무계한 소리…… 부모와 자식의 관계야 어찌 되건 말건, 한 가정의 운명이야 어찌 되건 말건, 그 터무니없는 괴담을 눈 하나 깜짝 않고 내뱉을 수 있는 마음보는 과연 어디서 온 것일까? 정말 자기의 지혜와 철학에 그만큼 자신이 있어서였을까? 대체 어떤 무엇이 그런 황당무계한 철학에 그토록 자신감을 갖게 했을까? 어쨌건 그날부터 청운은 아버지에게서 느닷없이 미움의 세례를 받아야 했다. 그것은 살의까지 엿보이는 행동이었다.

다음 날 학교 공부를 마치고 돌아오자 부엌에 있던 엄마는 그늘이 짙게 드리운 눈으로 청운을 뚫어지게 바라보기만 했다.

"엄마, 왜 그렇게 쳐다봐?"

"아, 아니다. 어서 들어가 밥 먹어라. 배고프겠다."

엄마는 비로소 정신이 든 듯 밥상을 차렸다. 아버지 표정은 더욱 괴이쩍었다. 엄마가 부축하고 미음을 떠 넣는데도 입은 안 벌리고 계속 밥상 앞의 청운만 노려보았던 것이다.

"좀 드세요."

엄마가 나직이 말하는 그 순간이었다.

"에잇, 저 쌍노무 새끼!"

쇠약한 아버지가 믿기지 않는 힘으로 미음 그릇을 낚아채 청운에게 내던졌다.

"엄마!"

청운은 기겁을 하고 구석으로 피했다. 벽을 맞고 박살난 그릇 조각과 미음이 얼굴을 따갑게 때렸다.

"아니, 운 아버지! 왜 그래요, 정말 미쳤어요?"

"왜라니? 임자두 듣잖았어? 저것은 내 피를 빠는 요물이지 자식 새끼가 아니라지 않데?"

아버지는 가래 끓는 소리를 그르렁대며 씨근거렸다. 충혈된 붉은 눈에서 살기가 무섭게 뻗쳐 나왔다.

"분명히 알지도 못하면서 애 죽이려고 그래요? 쟤가 왜 요물이에요? 쟤는 당신 자식이에요!"

"뭐가 어째? 저 쌍간나 좀 보라니! 도사님 이야기를 빤히 듣고서두지 새끼 감싸고 도는 것을 보니 저년두 똑같은 마귀 아니냐?"

"왜, 내 말이 틀렸어요? 그 사람이 도산지 알 게 뭐냔 말예요."

"이 정신 빠진 년아! 그 도사님이 우리랑 무슨 웬수가 졌다구 근거도 없는 소리를 하겠어? 좀 생각해 봐!"

"사람이 무슨 소린들 못해요? 그리고 그분이 진짜 도사라고 쳐요. 그렇다고 그 말이 꼭 맞는다는 보장도 없잖아요."

엄마도 지지 않고 대들었다. 물론 엄마도 노신사에게서 받은 충격이 작지 않았겠지만 모성의 본능이 그것을 훨씬 능가했던 모양이다. 하지만 당사자인 아버지는 달랐다. 한창 젊은 나이로 비명횡사하게 될 자신의 팔자가 믿기지 않는 듯, 그 후부터 청운이 눈에 띄기만 하면 독기를 품고 이를 갈았다. 손에 잡히는 대로 집어 던졌다. 그 허약한 몸에 완력이 존재한다는 것이 기이할 만큼 무서운 증오심의 발로였다. 간혹 이웃 사람이 알고 와서 아버지를 설득하기도 했다.

"이봐, 도대체 왜 그러나? 지금이 어떤 세상인데 그깟 미신에 현혹되어 자식새끼까지 몰라보냐고?"

하지만 자기 발등에 불이 떨어진 아버지에게 그 말이 통할 리가 없었다.

"자꾸 미신 미신 하는데 그것은 몰라서 하는 소리야. 인류의 지혜가 들어 있단 말이야. 헛소리하려거든 썩 꺼져!"

그런 아버지 때문에 집안은 점점 지옥이 되어 가고 있었다. 그에게 청운은 이미 자식이 아니었다. 엄마가 있다면 모를까, 아버지만 있는 방에 들어가는 것은 죽기보다 싫었다.

얼마 후 그 노신사가 건들거리며 다시 방문했다. 그는 마루에 걸터 앉아 냉수 한 사발을 청해서 마시더니 퍽이나 진지하게 말을 꺼냈다.

"인생 만사 길흉화복은 인간 힘만으로는 어쩔 수가 없는 일이오. 우리는 겸손한 마음가짐으로 천상의 주님께 기도함으로써 구원을 얻을 수 있소이다."

"예수교에서 나오셨습니까?"

엄마가 조심스럽게 물었다. 그러자 노신사는 고개를 세게 저었다.

"아니오. 예수교는 이미 본토인 서양에서는 사양길에 접어들고 있어요. 미국만 해도 지성적인 교인들은 어떤 허망감을 느끼고 점점 등을 돌리고 있단 말이오. 우리는 참된 구원의 진리는 서양에 있지 않으므로 새하늘을 열어 나가자고 강조하외다. 그렇다고 동양의 낡고 닳은 하늘에 기대어 볼 수도 없는 것이 현실이오. 그리하여 동양이니 서양이니 하는 낡은 반쪽짜리 하늘을 초월하여 새하늘의 빛을 모시고 신앙하는 것입니다."

노신사는 잠시 말을 멈추고 엄마와 아버지의 표정을 힐끗 살펴보더니 엄숙하게 읊조렸다.

생명나무의 씨알을 갈구하는 형제자매들이여!

이제 마음의 눈을 뜨라. 허울뿐인 진리라는 미명하에 스스로 구속 당했던 과거의 종교 율법의 쇠사슬을 끊고 새로운 마음으로 태어나라. 하느님의 형상대로 인간은 성장해야 한다. 그리하여 하느님은 이제 그의 아들딸을 통해 만물을 그 앞에 복종하게 하시고, 그 아들딸을 비롯한 만물 속에 거하려 하도다. 바야흐로 영혼의 실재와 만나 껍질을 벗고 우화등선하여 그대들도 모두 새로운 신인으로 탄생하라!

노신사의 눈은 이상야릇한 빛을 내며 희번덕거렸다.

"지난번에 좋은 방도를 물으셨지요. 제가 새 빛의 영험이 깃든 주문을 알려 드릴 테니, 아침저녁으로 지극정성 암송하면 효험이 있을 터입니다. '훔! 알라미 살라미 훔!' 자, 엄숙한 마음으로 따라해 보세요!"

엄마가 먼저 어색한 발음으로 주문을 외자 뒤따라 아버지도 기운을 내어 훔! 훔! 하고 읊조렸다.

"모든 근심 걱정을 버리고 하나된 마음으로 기도하기 바랍니다. 그리고 읍내 삼거리에 새하늘 교회가 있으니 직접 나와서 교인들과 함께 기도하면 효험이 백배 천배가 될 터이니 꼭 나오세요."

노신사는 팸플릿 한 장을 마루에 놓고는 홀연히 일어나 사립문을 나가 버렸다.

집에서 이른 새벽에 정한수를 떠 놓고 앉아 열심히 기도하던 엄마는 언제부터인가 어딘지 좀 변한 듯하더니 읍내의 회당으로 뻔질나게 나다니기 시작했다. 헌 하늘의 악귀들을 쫓아 보내고 새하늘의 빛을 세례받는 의식이라면서 집에서 음식을 장만하여 큰 잔치를 벌였다.

아버지가 노름으로 많은 재산을 잃어버렸기는 했어도 그때까지 밥 걱정은 없는 집안 살림이었는데, 엄마가 회당에 나간 뒤로 살림살이가 점점 궁색해졌다. 아마도 지극정성뿐만 아니라 돈이나 금반지, 옥비녀, 시계 같은 것도 회당에 갖다 바쳐야 하는 모양이었다. 엄마의 손과 머리에서 그런 물건들이 하나둘씩 사라져 갔다. 차츰 청운의 학용품을 준비하는 것도 어려워지더니 밥상에도 궁기가 비쳤다. 그래도 엄마는 아무런 걱정도 안 되는지 핼쑥한 얼굴에 눈만 무섭게 야릇한 빛을 내면서 회당에 나갔다.

그리하여 신앙과 생계 문제로 동분서주해야 하는 엄마로서는 아버지의 폭력에서 청운을 지키고 있을 수만은 없는 노릇이었다. 청운은 학교를 마치고 돌아와도 편안히 몸 둘 곳이 없었다. 그저 살금살금 부엌으로 들어가 밥 한술 떠먹고는 이리저리 마을을 배회하는 것이 유일한 일과처럼 되어 버렸다. 그러다 엄마가 돌아오면 비로소 따라 들어가 병아리처럼 품속을 파고들었던 것이다.

어느 날 새벽, 곤히 자고 있던 어린 청운은 갑자기 숨통이 조여드는 고통에 퍼뜩 눈을 떴다.

"헉!"

아버지였다. 쇠진한 기력을 끌어모아 일어난 아버지가 굵은 새끼줄을 청운의 목에 걸고는 사력을 다해 잡아당기고 있었다. 정신이 아득했는데 꿈이 아니라 실제 상황이었다. 아! 아버지의 무서운 표정에서 어떤 희망을 기대하기는 어렵다고 느낀 순간, 그리고 무엇보다도 구해 줄 어머니가 옆에 없다고 느낀 순간 청운은 온 힘을 다해서 아버지를 밀쳤다.

"쌍노무 새낏!"

아버지는 으드득 이를 갈고 가쁜 숨을 몰아쉬며 씩씩거렸다. 무위로 끝난 결행이 못내 원통한 모양이었다.

"아버지, 제발 정신 좀 차리세요."

청운은 울먹이며 말했다.

"뭐라고? 이놈!"

아버지는 벽 한구석에서 웅얼거렸다. 잠시 후 아버지가 야릇한 소리를 뇌까렸다.

"아, 아니 저, 저건……."

아버지는 갑자기 맞은편 벽을 가리키며 이해하지 못할 괴성을 지르기 시작했다. 무섭도록 겁에 질린 표정이었다.

"에구에구, 저 저기 커다란 독거미가 슬슬 벽을 타구 기어오르네. 에구……."

"어이, 왜 그래? 이봐, 정신 차려, 정신!"

마을의 어떤 아저씨가 문을 벌컥 열고 들어서며 말했다. 아버지는 그를 멍하니 바라보며 중얼댔다.

"너, 너는 저게 안 뵌단 말이여? 저 독거미가 나를 할꼼할꼼 보면서 스르륵 기어오를라 하네. 에구에구……."

"이거 큰일났군. 운이 너 밖에 나가 후딱 냉수 한 사발 떠 오너라."

청운이 황급히 튀어 나가자 언제 모여들었는지 동네 사람들이 마당에서 웅성거리고 있었다.

"쯧쯧! 죽을 때가 되니 눈에 헛것까장 씌었구먼 그랴."

"사내고 지집이고 사이비 종교에 미쳐서 저 꼴이지 뭐."

"그놈의 새하늘교인지 뭔지 들어와서 수많은 사람이 재산 잃고 가정까지 깨진다잖아."

"누가 아니래요? 미련하게 천국 찾다가 지옥 길 찾아가도 유분수죠."

그날부터 청운은 이웃집을 돌며 동냥 잠을 자야 하는 신세가 되었다. 사정을 잘 아는 이웃들이기에 잠은 어렵지 않았지만 문제는 공포감이었다. 그 일이 있은 후 청운은 극심한 공포증에 걸려 사립문이 살짝 흔들리는 소리만 나도 아버지의 사주를 받은 누가 죽이러 온 것인가 싶어 심장이 얼어붙었다. 시시각각이 긴장의 연속이었다. 밤마다 아버지에게 쫓겨 다니다가 낭떠러지로 굴러 떨어지는 꿈을 꾸었지만, 그것은 꿈이 아니라 현실이기도 했다.

그런 사건이 있은 지 얼마 후 청운은 엄마 손에 이끌려 서울역으로 갔다. 거지가 되어 차가운 객지의 밤거리를 방황할 때나 몸이 아파 앞길이 막막할 때, 청운은 고향의 푸른 산과 진달래꽃 그리고 엄마를 생각하고는 했다.

'엄마는 지금 어디서 무얼 하고 있을까? 나처럼 이렇게 가슴 아파하고 있을까?'

청운은 슬픈 마음으로 꿈에서 깨었다. 고향을 찾아가고 싶어도 마을의 모습만 눈앞에 아른거릴 뿐 그곳으로 가는 길은 까마득했다. 그런 엉터리 사이비 종교의 꾐만 아니었어도 지금 이런 꼴로 고생하지는 않겠지. 자신의 삶도 엄마의 인생도 불쌍하고 안타까워서 청운은 눈물을 글썽이고 마는 것이었다.

사각의 링 위 싸움닭이 되다

살아서 나가고 싶었다. 하지만 그에게는 그럴 만한 힘이 없었다. 검은 철문은 너무나 견고했다. 그래도 죽기는 싫었다. 밖으로 탈출해 나가면 해야 할 일이 많았다. 대원들의 생사 안부를 확인해야 하고, 옥이를 수렁에서 구출해 내야 하며, 또한 형제복지원의 담장을 넘어 세상에 지옥의 실상을 알려야만 했다. 그리고 방방곡곡을 헤매서라도 엄마를 찾아 따스한 품속에 안겨 보고 싶었다. 결코 이 암흑의 감옥에서 죽어서는 안 되었다. 그리하여 청운은 자신의 오줌을 받아 마셨고 쥐를 한 마리 잡아먹기도 했다. 몇 날 며칠이 지났는지 몰랐다.

문득 계단을 내려오는 발자국 소리에 이어 철문 밖에서 말소리가 들려왔다.

"아마 죽었겠지?"

"그럼. 지가 뭐라고 지금껏 살아 있겠어?"

"씨발, 시체 치우는 것은 정말 더러워."

"그럼 니가 시체가 되든지."

"짜샤, 개소리 집어치워! 기분 나쁘게……."

"야, 잠깐 조용히 해 봐. 저것 꿈틀거리잖아."

"아직 살아 있네. 뭐 저런 괴물 독종이 다 있어?"

"씨발, 어떡하냐?"

"죽여 버릴 수도 없고, 일단 보고해야지 뭐."

"내가 갔다 올 테니 넌 여기 있어."

들것을 내려놓는 소리와 계단을 오르는 발소리가 음산하게 들렸다.

"짜식 참 지독하군. 사흘 동안 독사처럼 꿈틀꿈틀 살아 있다니……."

얼마 후 다시 계단을 뛰어 내려오는 발자국 소리가 울렸다.

"뭐래?"

"일단 데리고 나오라더군."

"왜?"

"그거야 모르지. 좀 이상하기는 한데, 우리는 그냥 명령에 따르면 되지 뭘."

"공동묘지에다 생매장해 버리려나."

"그럴 수도 있겠지. 야, 우선 자물쇠나 따 봐."

"알았어."

이어 철문이 귀곡성 같은 괴상한 소리를 내며 열리더니 두 명이 안으로 들어왔다. 놈들은 청운의 머리와 다리를 집어 들어 들것 위에 팽개쳤다. 청운은 신음 소리를 흘렸다. 그러거나 말거나 놈들은 짐승 취급하며 들것을 마구 흔들어 대면서 계단을 올라갔다.

바깥 공기가 달라지자 청운은 천천히 심호흡을 했다. 신선한 바람만 마시고도 좀 살 것 같은지 눈을 뜨려 했다. 얻어맞고 굶주린 탓에 그의 얼굴은 본래의 아름다움을 잃어버렸다. 미소가 살포시 감돌았으나 눈을 뜨지는 못했다. 퉁퉁 부어 그렇기도 했거니와 하늘빛이 너무나 해맑아 눈부셨던 것이다.

얼마 후 들것은 운동장 한구석에 털썩 놓였다. 그러더니 차가운 물이 머리끝부터 발끝까지 알몸뚱이에 마구 쏟아져 내렸다. 청운은 정신이 번쩍 들어 비명을 질렀다.

"개새끼! 엄살 떨지 말고 일어나!"

호통이 터졌다. 청운이 가만히 있자 옆에 서 있던 놈들의 우악스런 손아귀가 즉시 일으켜 무릎을 꿇렸다.

"똑똑히 들어! 넌 이미 죽은 목숨이야. 생매장해 버리기 전에 한 가지 묻겠다."

앞에서 중대장이 허리에다 양손을 얹고 선 채 날카로운 음성으로 입을 열었다. 옆에 서 있던 조장들은 그의 목소리만 듣고도 몸을 떨었다.

"넌 소대장을 변소에 감금하고 여러 경비대원들을 폭행했다. 그것은 신성한 질서를 교란시키는 반동 행위다! 왜 그랬나?"

청운은 심호흡을 한 번 하고 나서 겨우 말을 꺼냈다.

"그 오금택 소대장은 원생들을 괴롭히는 등 소문이 좋지 않았습니다. 그대로 놔둔다면 우리 신성한 형제복지원을 지옥원으로 만들어 버릴 수도 있고……. 그러다 보면 원생들 마음속에 불평불만이 가득 쌓여 폭발할 위험도 있었습니다……. 만일 들고 일어나서 데모를 하면 어찌 되겠습니까? 그래서 위험을 미리 막기 위해 그런 결단을 내렸습니다."

"개새끼! 잘도 지껄이는군. 그렇다면 미리 나에게 제보를 올렸어야지, 응?"

청운은 신음 소리를 낸 뒤 말을 이었다.

"그러고도 싶었습니다만…… 층층시하 너무 높고 복잡했습니다. 오래 두고 보기에는 너무 억울하고 답답한 나머지 홧김에 일을 저질렀습니다."

"흥, 홧김이 아니라 계획적으로 꾸민 짓거리겠지. 누구와 함께했나?"

"예?"

"함께 작당해서 모의한 놈들이 누구냔 말야!"

"저 혼자 했습니다."

"뭐라고? 거짓말 마라, 이 능지처참할 놈아!"

"정말입니다."

"절뚝발이 니 혼자서 일고여덟 놈을 때려눕혔다고? 지금 용의자들을 잡아 심문 중이니까 곧 사실이 밝혀질 거야. 일찌감치 이실직고하면 살려 줄 수도 있으니 바른 대로 불어! 마지막 기회다!"

"사실입니다. 죽을 마당에 무슨 거짓말을 할까요. 저 혼자 복수심에 불타서 영웅 심리로 그랬다니까요. 그리고 제가 약간 절뚝발이지만, 그런 상황에서 다리는 중심을 잡을 뿐 타격은 주먹과 팔꿈치로 하는 것입니다."

"새끼, 나불나불 잘도 거짓말을 늘어놓는군. 그럼 좋다! 여기서 실제로 한번 보여 봐. 그러면 믿겠다. 하겠나?"

청운은 두 손으로 땅바닥을 짚고는 고개를 숙인 채 묵묵부답이었다. 눈물 한 방울이 떨어져 차가운 땅을 적셨다. 그것은 죽음을 눈앞에 둔 청소년의 절망이 흘리는 피눈물인지도 몰랐다.

"그럼 생매장을 해야겠군. 얘들아, 준비해."

중대장의 명령에 조장들이 움직이려는 순간이었다.

"잠깐!"

청운은 절규처럼 내뱉으며 비틀비틀 천천히 일어섰다.

"흠, 한번 해 보겠단 이야기인가? 내가 제안을 하기는 했다만, 살인 나게 생겼구먼."

"생매장 당하는 것보다야 낫겠지요."

청운은 씹어 뱉듯이 말했다.

"그 용기 하나는 가상하군. 야, 우선 너희들이 나서서 잘 요리해 봐."

그러자 조장 세 명이 나서서 청운을 둘러싼 채 늑대나 하이에나처럼 허연 이를 드러내며 으르렁거렸다.

"시작해!"

"옛!"

지명된 셋은 모두 단단하고 흉맹하게 생긴 놈들이었다. 먼저 한 놈이 다가들며 얼굴을 향해서 주먹을 날렸다. 청운의 몸은 쇠약해졌지만 눈에는 퍼런 빛이 어른거렸다. 그는 광대뼈를 얻어맞고는 주저앉는 척하다 왼쪽 주먹에 온 힘을 실어 놈의 복부를 가격한 후 망가진 스프링처럼 겨우 일어서 오른손 주먹으로 턱에 어퍼컷을 먹였다. 두 번째 놈이 달려들어 청운의 양어깨를 잡아 돌리며 한쪽 다리를 걸어차 쓰러뜨렸다. 놈은 육중한 몸으로 내리누른 채 사정없이 주먹 공격을 퍼부었다. 이제 가망이 없을 것 같았다. 그 순간 청운의 머릿속에 여러 장면이 떠올랐다. 북파공작원 훈련소에서 체험했던 살벌한 생사의 구렁텅이……

'패배하면 시체가 되어 내 죽음 자체도 모를 것이다. 초능력이라도 발휘해야 한다!'

청운은 상체를 이리저리 비틀며 양팔과 주먹을 가능한 최대로 움직여 수비와 공격을 시도했다. 놈의 몸이 위쪽으로 점점 올라오자 아래쪽에 빈틈과 여유가 생겼다. 청운은 무릎에 온 힘을 모아 놈의 등허리와 옆구리를 찍었다. 놈이 잠깐 주춤하는 순간 청운은 한주먹으로 놈의 턱을 강타했다. 놈은 신음 소리를 내며 휘청거렸다. 청운은 다른 주먹으로 필사의 일격을 내지르며 상체를 일으켰다. 바로 그때 세 번째

수상한 형제복지원과 비밀결사대

놈이 허리에 차고 있던 몽둥이를 뽑아 들어 청운의 뒤통수를 후려갈 겼다.

청운은 마치 짚단처럼 허무하게 쓰러지고 말았다.

'아, 이제 죽는구나.'

큰대자, 아니 콩 태 자로 차가운 바닥에 뻗어 누운 채 청운은 생각했다. 형제복지원에서는 사람 목숨을 낙엽 한 잎 정도로 가볍게 생각한다고.

"야, 들것에 얹어서 따라와!"

중대장의 명령하는 소리가 아슴푸레 들려왔다.

"옛!"

놈들이 우렁차게 대답한 후 반주검을 들것 위에 주워 담아 흔들흔들 들고 갔다.

'생매장 구덩이로 가는 것이겠지. 이제 도무지 어쩔 수가 없구나.'

청운은 거대한 악 앞에서 체념하며 속으로 절규했다. 눈물 한 방울 이 맺혔다가 뺨 위로 굴러 내렸다. 그러고는 깊은 나락 같은 혼수상태 속으로 떨어졌다.

얼마 후 청운은 또다시 차가운 물벼락을 맞고 겨우 정신이 들었다. 저승사자 음성 같은 중대장의 목소리가 다시금 들려왔다. 저도 모르게 청운의 이가 딱딱 마주쳤다. 추위 때문인지 공포감 때문인지……. 바로 옆에 생매장 구덩이가 파여 있는 듯 느껴졌다.

"죽든 살든 맹훈련을 시켜 물건 하나 만들어 봐. 다리를 약간 절뚝거리기는 하지만 뭐 큰 문제 되지는 않겠지. 혹시 아나? 만약 챔피언 벨트라도 허리에 두른다면 오히려 결점을 극복한 인간 승리의 드라마로 더욱 화제가 되지 않겠어? 원장님께서도 무척 흐뭇해 하실 테고 말씀이야. 흐훗……."

"예, 잘 알겠습니다."

좀 늙수그레한 남자가 대꾸했다.

나중에 알게 되었지만, 그곳은 형제복지원 내에 있는 권투부 체육관이었다. 박인근 원장은 권투를 아주 좋아했다. 자기가 강조하는 적자생존과 칠전팔기 고난 극복의 헝그리 정신을 가장 잘 상징하는 스포츠가 권투라는 이야기였다. 그리하여 무차별적인 폭행을 당하고도 끝끝내 버텨 내는 강골과 독종 원생들은 일단 권투부로 데려갔다.

하지만 그다음이 문제였다. 헝그리 정신을 더욱 키운답시고 굶주린 상태로 살인적인 강훈련을 시켰다. 가끔 고추장과 삶지 않은 생고기가 나왔다. 돼지고기, 닭고기, 뱀(독사)고기 따위였다. 굶주린 훈련생들은 피에 젖은 그 날고기를 질겅질겅 씹어 삼킬 수밖에 없었다. 공장 노동은 면제되었으나, 훨씬 더 힘든 각종 극기 훈련과 사생결단적인 스파링으로 죽어 나자빠지는 시체도 많았다. 신입 부원들은 안면 보호구도 없이 글러브 대신 맨주먹에 노끈을 둘둘 감고 싸웠기 때문이다. 약육강식 적자생존의 슬로건이 실천되는 정글 같은 링이었다. 그런 혹독한 강행군 끝에 전국 권투 대회나 부산 체육 대회에 나가 수상을 하면 부

수상한 형제복지원과 비밀결사대

랑아 재활 교육의 승리라며 크게 홍보되었다.

이튿날 정신을 차린 청운은 신입 부원으로 등록되어 훈련에 임했다. 새벽부터 밤까지 꽉 짜인 스케줄에 따라 훈련이 반복되었다. 마치 사육되는 짐승 같은 느낌이 들 정도였다. 잘 못하는 경우에는 모욕적인 욕설과 심한 기합이 쏟아졌다. 그것은 바로 짐승에게 퍼붓는 것과 다름없는 폭언과 폭행이었다. 아니, 오히려 자기가 훈련시키는 개에게 하는 짓보다 더 가혹한 만행이었다.

청운은 권투를 별로 좋아하지 않았다. 다른 스포츠 종목은 인간의 심신을 건강하게 향상시키는 운동인 것 같은데 권투는 사람을 괴롭히고 학대하기로 작정해 놓고서 벌이는 경기 같았다. 미리 사각의 링을 마련해 둔 채 강자는 두드려 패고 약자는 얻어맞는 게임. 맞수일 경우에는 한층 더 처절해져 사력을 다해서 싸우다가 기진맥진한 끝에 어느 한쪽이 죽기도 한다. 그뿐인가. 가까이에서 링을 둘러싼 채 구경하는 관중들은 선수보다 훨씬 더 광분하며 인간 내면의 야수적 본성을 드러내기도 하지 않던가? 마치 개싸움이나 닭싸움을 시켜 놓고 피 흘리며 괴로워할수록 한층 열광하여 갈채를 보내는 꼴과 유사하다. 아, 억울하고 약한 사람을 위해 활약하는 이소룡의 무예와는 얼마나 다른가!

하지만 청운은 자기 마음대로 그만둘 수가 없었다. 다른 부원들도 그렇겠지만, 특히 청운은 임시로 사면을 받은 '사형수' 신세인지라 그럴 경우 다시 생매장 구덩이 속에 파묻힐 수도 있었다. 링 안이든 구덩이 속이든 어차피 죽는 것은 마찬가지라는 생각이 들었다.

아무리 괴롭더라도 일단은 살아 있어야만 했다. 그래야 기회를 보아 옥이 소녀와 다른 단풍 비밀결사대원들의 생사를 확인해 볼 수 있을 터였다. 그동안에도 틈을 내어 이리저리 탐문해 보았지만 오리무중이었다. 옥이는 죽었을 확률이 점점 더 높아졌다. 마음속 소망과 달리……. 짱구와 독구에 대해서는 결정적인 소식을 알아내지 못했다. 그저 무소식이 희소식이란 속담을 믿고, 나름 재주껏 살아 있길 가슴속으로 기원할 수밖에 없었다. 답답한 심정을 주체할 길이 없어 이따금 공상에 빠지기도 했다.

'만일 내가 열심히 노력해서 선수권 대회에 나가 우승한다면 일말의 희망이나마 잡을 수 있지 않을까? 언론사 기자들이 와서 인터뷰를 할 때, 바로 그때 형제복지원의 비밀과 부정부패를 까발린다면…… 적어도 한 군데는 보도해 주지 않을까? 복지원이 아니라 지옥원이라는 실상을……. 하기야 군사 독재가 하늘을 찌르는 때라 신문과 방송도 검열을 해서 사실을 제대로 밝히지 못하고 독재 정치를 칭송하는 소리만 한다는데……. 아, 대체 어떡해야 할까?'

그의 고민은 날이 갈수록 점점 깊어졌다.

어느 날 스파링을 하던 중이었다.

청운은 그 시간이 참 싫었다. 무승부가 인정되지 않는 사각의 링 속에서 싸움닭이 된 기분은 아무래도 극복하기 어려웠다. 죽느냐, 아니면 죽이느냐 하는 약육강식 속에는 스포츠 정신이나 인간애는 찾아볼 수 없었다. 한쪽이 쓰러져야만 끝나는 지옥 같은 사투의 시간……. 패자는 몽둥이를 맞아야 했고, 헝그리 정신을 기른다며 밥 한 끼도 주지 않았다. 정말이지 강한 자는 살아남아 점점 악마처럼 변하고, 약한 자는 서서히 메말라 죽는 박 원장식의 정글 지역이었다.

그날의 스파링 상대는 흑표라는 별명이 붙은 녀석이었다. 얼굴과 몸이 거무튀튀하고 눈에 흰자위가 많으며 재빠른 편이었다. 생긴 것과 달리 정에 약한 일면이 있었다. 그런데 때로는 감정이 너무 과잉해서 오히려 흉맹해졌다. 이성으로 자제하지 못하는 감정은 추악하게 변질되기도 하는 것이었다.

청운은 그가 가능하면 감정의 노예가 되지 않길 바라며 가끔 이야기를 나누었다. 흑표 녀석은 엄마가 자신을 낳다 죽는 바람에 고아로 자라며 온갖 산전수전을 겪었다고 뇌까렸다. 청운 역시 여덟 살 무렵부터 고아 신세가 되어 세상 풍파에 시달려 왔기에 녀석에게 모종의 동병상련을 느꼈다.

공이 울리자 둘은 결전에 임했다. 흑표는 짐짓 느린 듯하면서도 어느새 유연하게 재빨리 움직이면서 청운의 얼굴에 잽을 툭툭 날렸다. 청운과 달리 그는 발놀림이 좋았다. 일반 링과 달리 일부러 바닥을 시멘트로 울퉁불퉁하게 만들어 놓았는데도 녀석은 진짜 표범처럼 날렵했다. 둘 다 맨발이었다. 특수 훈련이라며 뾰족한 시멘트 바닥에서 맨발로 뛰게 했던 것이다. 다운되면 부상을 입거나 뇌진탕으로 죽는 경우도 생겼으므로 정신을 바짝 차릴 수밖에 없었다.

흑표의 잽은 빠르고 날카로웠다. 그건 누구든 경시할 수 있는 것이 아니었다. 첫 펀치를 맞으면 얼얼했고 두세 번 펀치가 이어지면 웬만한 선수는 휘청거릴 정도였다. 그러면 곧장 허연 이를 드러내며 결정타를 날려 죽사발로 만들어 버리는 것이었다.

청운은 별로 움직이지 않고 한 자리에서 슬슬 발을 옮겨 놓으며 상체를 흔들어 흑표의 펀치를 피했다. 그리고 틈을 보아 이따금 적중률 높은 공격을 가했다. 흑표는 숯불처럼 달아오르고 있었다. 그는 맷집 또한 좋았으므로 감정이 격렬해지면 몇 대 맞는 것쯤 아랑곳하지 않고 마치 불도저마냥 달려들었다. 그래서 여느 선수들은 흑표를 두려워하거나 기피했다.

흑표는 청운을 라이벌로 생각하고 있었다. 청운과 달리 그는 승부에 병적으로 집착하는 면이 있었다. '집착' 자체를 버리고 경기에 임한다면 훨씬 더 나은 선수가 될 텐데, 자기 자신의 머릿속에 박힌 아집을 떨쳐 버릴 수는 없는 모양이었다. 자기 생각이 자신의 발전을 가로막는 줄도 모른 채……. 아무튼 녀석은 평소에 정다운 인생 이야기를 나눌 때와 달리 사각의 링 위에서는 돌진하는 맹수로 변했다.

청운은 흑표의 공격을 허리를 살짝 비틀어 피하며 두 주먹으로 놈의 양쪽 광대뼈를 연달아 타격했다. 약하지는 않지만 썩 강하지도 않은 펀치였다. 공격이 목적이라기보다 상대가 좀 각성해서 인간으로 돌아오길 바라는 듯 보이기도 했다. 하지만 흑표의 표정은 험상궂게 변했다. 왠지 기분이 무척 상한 듯싶었다. 놈은 숨을 씩씩거리며 저돌적으로 마구 날뛰었다. 청운은 미간을 찌푸리며 흥분한 멧돼지를 제어하 듯 슬슬 한 번씩 가벼운 주먹을 던졌다. 흑표 녀석은 제풀에 지쳐 비틀 거렸다.

그때였다.

"야, 이 새끼야! 너는 마음이 약해 탈이야! 다 된 밥솥에 코드 뽑지 말고 더 밀어붙여! 너 자꾸 그러면 죽여 버리겠어!"

링 밖에서 주시하던 코치가 악다구니를 퍼부었다. 그것은 적극적으 로 파이팅을 펼치지 않는 청운에게 하는 욕설이었다. 그런데 흑표는 그것이 자신에게 하는 응원이라고 오해했는지 어쩐지 모르지만 미친 황소처럼 마구 날뛰고 주먹을 이리저리 휘둘렀다. 눈이 벌겋게 충혈된 채 달려드는 흑표를 피하며 청운은 왼손 주먹으로 가볍게 어퍼컷을 먹 였다. 이왕이면 앞이나 옆으로 쓰러지길 바라면서. 그런데 놈은 의외로 맥없이 휘청거리더니 뒤쪽으로 휘뚝 넘어졌다. 빡빡 깎은 맨머리가 울 퉁불퉁한 시멘트 바닥에 부딪쳐 둔탁한 소리를 냈다. 신음 소리도 비 명 소리도 전혀 없이 흑표는 숨지고 말았다.

부산시 북구 주례동 산 18 지옥 번지

승리의 쾌감은 조금도 없었다. 하기야 상황이 반대로 전개되어 만일 청운 자신이 죽었다면 이런저런 생각을 할 기회마저 사라져 버렸겠지만…….

인생이 쓸쓸하고 허무하고 비관적으로 느껴졌다. 고의로 한 짓은 아니었으나 죄의식을 비껴 나가기가 힘겨웠다. 살인자! 어쨌든 사람을 죽인 것이다. 아무리 자의적이 아니라 타의성이 더 강했다 하더라도 양심의 가책은 생물체인 양 살아 꿈틀대며 좀체 사그라지지 않았다. 차라리 코치의 꼭두각시를 벗어나 스스로 맹렬히 격투를 벌이다가 그랬다면 죄의식이 좀 가벼울지 모른다는 생각이 들었다.

'아, 내가 이 세상에 태어난 것은 사람을 죽이기 위해서는 아니지 않은가! 죽어 가는 자를 살리지는 못할지언정 죽이는 역할을 하다니……. 아! 과연 내게 그런 운명이 깃들어 장난쳤단 말인가? 내 스스로 그 운명의 장난을 막을 수는 없었는가? 아니야, 그럴 수는 없어. 운명의 노예가 되어 계속 살인자로 남을 수는 없다고! 그러면 대체 어쩐다?'

생각을 거듭한 끝에 청운은 탈출만이 유일한 살길이라고 작정하게 되었다. 물론 이전에도 탈출을 꿈꾸지 않은 것은 아니다. 다만 그때는 뜻을 같이하는 단풍 비밀결사대원들이 있었기에 고통 속에서도 서로 숨결을 나누며 버텨 왔다. 희망과 소망! 그것은 바로 암울한 현실에서 숨쉬는 생명의 속삭임이었다. 그런데 이제 그들의 생사를 알 길이 없고, 형제복지원은 점점 더 지옥원으로 변해 갔다.

'견디다 보면 어떤 활로가 생길지도 모른다고 생각했지. 여기는 어쨌든 사람이 사는 대한민국 땅이니까 말야! 하지만 여전히 암흑천지야. 산다는 의미가 점점 사라지고 있어. 여기서 노예로 살다가 죽느니 차라리 탈출하다가 살면 살고 죽으면 죽자. 그런데 이 철옹성을 어떻게 빠져나간단 말인가?'

방법이 문제였다. 공상이나 꿈속에서처럼 투명한 날개가 돋아난다면 얼마나 좋을까! 그러면 훨훨 날아 저 쇠창살이 뾰족이 박힌 높다란 담벽을 넘어 자유로운 세계로 나갈 텐데…….

이야기를 들어 보면 예전에 탈출을 감행한 사람들이 없잖아 있었다고 한다. 하지만 그것은 하늘의 별 따기 같은 짓이었다. 성공한 경우도 있었겠지만 잡히면 죽음이었기에 목숨을 걸어야만 했다.

청운은 그동안 주워들은 탈출 방법들을 곰곰이 생각해 보았다. 선감학원보다 훨씬 악조건이었다. 물론 선감학원도 경비가 삼엄하기는 마찬가지였지만 깊고 먼 바다가 가로막고 있기에 형제복지원보다 좀 느슨한 편이었다. 이야기에 따르면 형제복지원에서는 혼자 탈출을 시도하는 것은 거의 불가능에 가까웠고 준비 기간 또한 오래 걸렸다. 쇠톱으로 쇠창살을 자르거나 쇠못 같은 것으로 두꺼운 콘크리트 벽을 긁어 구멍을 뚫으려면 여러 명이 합심하여 꾸준히 몇 달 동안 애써야만 하는 것이었다.

요행히 야밤에 숙소 건물을 벗어난다 하더라도 높직한 외벽을 넘어야만 했다. 노끈을 길고 굵게 꼬아 올가미를 만들어 담장 위 쇠창에 던져 건 다음 그것을 타고 오르려면 누군가 망도 봐주고 무등도 태워 주어야 하는 것이다. 더구나 1년 전쯤 여섯 명이 작당해서 탈출하려다 발각된 후로는 방비가 훨씬 엄해졌다고 한다. 간신히 담장을 넘어 달아나던 세 명은 바깥 초소에 배치되어 있던 경비대에게 들켜 몽둥이 찜질을 당한 후 뒷산에 매장되었다고 한다.

'아, 영화나 만화와 달리 현실은 왜 이리 무겁고 삭막하게 사람을 억누르고 얽어매는 것일까? 하지만…… 우리가 즐겁게 보는 영화에서도 사실 주인공은 엄청난 고생을 하잖아. 용기를 내! 그리고 어려운 상황이기는 하지만, 가능한 한 여러모로 정보를 수집해서 바늘구멍 같은 방법이나마 찾아보자. 일단 여기를 벗어나야 해. 그래서 실상을 세상에

수상한 형제복지원과 비밀결사대

알려야 해!'

　청운은 마음을 다독이며 자신에게 말하고는 했다.

　청운은 권투부에서 서서히 유망주로 떠올랐다. 6개월 후에 개최될
전국 체전에서 형제복지원 대표로 출전하여 금메달을 목에 건다면 형
제복지원 측으로서는 대단한 영광이며, 선전용으로 이용할 절호의 기
회였다.

　청운은 겉으로는 열심히 훈련에 임하는 척하면서 속으로는 탈출 방
법을 찾는 데 골몰하고 있었다. 누구에게나 사근사근하게 굴면서 작은
정보라도 캐내려 애썼다. 이제 청운을 크게 의심하는 사람은 없었다.
금메달 후보 선수가 탈출을 꿈꾸리라고는 독수리 같은 코치조차 의심
하지 않았다. 그래서 다른 선수에 비해 약간의 자유가 특별히 잠시나
마 주어지기도 했다. 물론 대단한 것은 아니지만……

　어느 날 밤 꿈속에서였다.

　어슴푸레한 황야였다. 허연 바위산 기슭에서 한 사람이 망치 소리
를 내며 바위를 조각하고 있었다. 상체가 알몸인 그 사내는 정과
망치로 바위를 파서 자신의 하반신을 만드는 것처럼 보였다. 그런
데 자세히 보니 바위 속에 파묻힌 자신의 하체를 뽑아내고 있었다.
아주 필사적이었다. 그의 입술과 손에서는 피가 흘러내려 허리를
벌겋게 물들였다. 마치 무슨 괴악마가 바위 속에서 끌어당기기라

도 하듯 땀을 뻘뻘 흘리며 벗어나려 발버둥을 쳤다.

청운은 그 사내가 빨리 빠져나오길 바랐다. 한데 불현듯 그의 상반신이 쑥 바위 속으로 빨려 들어가고 핏방울만 분수처럼 솟아올라 청운의 얼굴을 적셨다.

잠에서 깬 청운은 허전한 기분에 젖은 채 과연 그 꿈이 뭘 의미하는지 곰곰이 생각해 보았다. 혹시 그 사내는 형제복지원 원생들의 고난을 상징하는 것이 아닐까? 인간으로서 자기 존재 찾기. 현실 지옥에 갇혀 폭력으로 괴물화되어 가는 자신의 인간성을 되찾아 보고픈 소망……. 한 인간으로서 살고픈 희망…….

청운의 탈출 욕망은 점점 강렬해졌다.

봄이 다가오고 있었으나 아직 꽃샘바람이 심하게 불어 대는 어느 날이었다.

일요일 아침 예배에 참석한 후 청운은 권투부에 합류하지 않고 배가 아프다는 핑계로 몇 번 변소에 들락거렸다. 코치는 인상을 잔뜩 쓰더니, 빨리 볼일을 보고는 따라 내려오라고 했다. 청운은 혼잡한 틈을 타 교회 3층으로 재빨리 올라가 컴컴한 비품실 한구석에 숨어 있었다.

'아, 정말 불안스럽군. 지금쯤 안 내려온다고 난리가 났겠지. 곧 찾으러 보낼 거야. 여기까지 올라올 가능성은 별로 없지만 또 모를 일이지. 여기서 머뭇거릴 때가 아닌 것 같아. 그래…….'

원래 계획은 저녁까지 숨어 있다가 어스름을 이용할 작정이었으나 청운은 곧 밖으로 나섰다. 그리고 계단을 걸어서 옥상으로 올라갔다.

운동장에서 교회의 정면을 쳐다볼 때는 멋진 서양식 지붕과 십자가로 장엄해 보였지만, 옥상에서 뒷면을 살펴보자 회색 콘크리트가 삭막하게 노출되어 실망감이 느껴졌다. 십자가 또한 앞쪽과 달리 뒤쪽은 신성한 상징이 아니라 그저 투박한 목재에 지나지 않았다.

청운은 주머니에서 고리가 달린 노끈을 꺼내 십자가에 박힌 대못에 걸고 아래로 내려뜨렸다. 노끈은 예상과 달리 한참 짧았다. 청운은 줄을 올린 다음 잠시 생각하다가 추리닝 상의를 벗어 칼로 찢어서는 이어 나갔다. 그 칼은 예전에 단풍 비밀결사대원들과 함께 악대 부장을 혼내 줄 때 빼앗은 것이었다.

청운은 줄을 다시 내려뜨렸다. 여전히 짧았으나 그것은 미리 작정했던 터였다. 어차피 긴 줄을 만들어 숨겨 나올 수 없는 형편이라 좀 위험을 감수해야만 했다. 청운은 줄을 타고 슬슬 아래로 내려갔다. 지붕을 내려가 3층 벽면쯤에서 줄은 끝났다. 거기서 뛰어내린다고 죽을 만큼 높지는 않았다. 하지만 바로 아래에 철조망이 겹겹이 쳐 있었기 때문에 위험스러웠다.

벽면에서 5미터쯤 떨어진 곳에 늙은 소나무 한 그루가 서 있었다. 청운은 심호흡을 한 다음 발로 벽을 힘껏 차는 동시에 몸을 재빨리 돌려 소나무를 향해 날았다. 그 짧은 순간에 느낀 허공 속의 자유! 아, 삶인가 죽음인가? 살고 싶었다. 그는 필사적으로 소나무 가지를 잡으려 했다. 하지만 한 뼘쯤 짧았다. 청운은 그것을 포기하고 발로 나무 몸통을 힘껏 찬 후 그 반동으로 추락 속도를 약간 늦추어 낙법을 펼치며 바닥으로 굴러떨어졌다. 어깨와 다리에 고통이 몰려왔지만 머뭇거릴 틈이 없었다. 바깥 초소에 배치된 경비대 중 누군가의 눈에 띄었을 수도 있기 때문이었다. 청운은 황급히 일어나 다리를 절뚝거리며 산을 타오르기 시작했다. 바로 그때 확성기 소리가 울려 퍼졌다.

"비상! 비상! 도망자 발생! 도망자 발생!"

그 소리는 메아리가 되어 청운의 귀를 때렸다. 검은 완장을 차고 몽둥이를 든 두 사내가 호루라기를 불어대며 달려오고 있었다. 그들은 우락부락한 인상으로 성난 황소처럼 달려왔다. 문득 청운은 도망치기보다 그 자리에 멈추어 섰다. 힘을 비축하여 대항하는 것이 낫겠다는 판단에서였다. 경비대원들은 이삼십 대의 건장한 사내들이었다. 그들은 씩씩거리며 욕설을 마구 퍼부었다.

"개새끼! 먹여 주고 재워 주었더니 인사말도 없이 도망치려고? 넌 오늘 초상날이야! 어차피 너같이 은혜도 모르는 불상놈은 형제복지원에서도 더 이상 필요 없어!"

놈들은 몽둥이를 꼬나든 채 청운의 양옆으로 다가들었다.

"요 쥐새끼, 죽어 봐!"

두 사내는 동시에 청운의 머리를 향해 몽둥이를 내려쳤다. 한 대만 맞아도 나자빠져 버릴 터였다. 그들은 인간 사냥꾼으로 단련되어 있으므로 무자비했다.

청운의 눈빛 또한 결코 예사롭지 않았다. 그는 슬쩍 몸을 낮추어 피하며 물러서기보다 담비처럼 잽싸게 적에게로 파고들어 풀쩍 뛰어올랐다.

"아비요~!"

그는 무심결에 이소룡의 괴성을 내지르면서 두 주먹을 연달아 번개처럼 날렸다. 큰 못을 촘촘히 박아 놓은 몽둥이가 청운의 가슴팍과 어깻죽지를 긁어 핏방울이 줄줄 흘러내렸다. 하지만 놈들도 타격을 받아 신음을 흘렸다. 그중 더 우락부락한 한 놈이 잇새로 불그스레한 침을 찍 내뱉고는 굵은 팔뚝으로 몽둥이를 마구 휘두르며 덮쳐 왔다. 팔로 막을 수도 없고 뒤로 물러서기도 어려운 위기의 순간이었다. 청운은 한쪽 발끝으로 돌멩이 하나를 차올려 놈에게로 날렸다. 북파공작원 훈련소에서 배워 익힌 기술이었다. 콧등을 정통으로 얻어맞은 사내는 비명을 지르며 주저앉았다. 그 틈에 청운은 재빨리 손날로 놈들의 급소를 쳐서 기절시켜 놓았다.

저 아래쪽에서 추적자들이 몰려오고 있었다. 셰퍼드 놈들도 산을 기어오르며 컹컹거렸다. 더 이상 머뭇거릴 시간이 없었다. 청운은 즉시 몸을 돌려 온 힘으로 산을 올랐다. 어깨와 다리가 아픈 줄도 몰랐다. 숨을 헉헉거리며 필사적으로 도주했다. 일단 산마루까지는 올라가야 했다. 거기서 방향을 잘 잡아 엉뚱한 샛길로 잠적해 버려야 하는 것이다. 그러면 살아 나갈 가망이 있었다.

정상으로 갈수록 바윗돌이 많아졌다. 청운은 발이 찢겨 피가 흐르는지도 모른 채 허겁지겁 나아갔다. 개소리가 점점 가까워졌다. 청운은 숨이 곧 멎을 듯 할딱거리면서도 걸음을 멈추지 않았다. 뒤돌아보지도 않았다. 악마산의 기암괴석을 오르며 훈련받던 그 시절 그 마음으로 전진했다. 잡념이나 두려움은 아무 필요도 없었다. 그것은 오히려 사람을 얽매어 죽이는 적이었다.

산등성이에 오른 다음에도 그는 멈추지 않았다. 완만한 곳보다 오히려 비탈진 나무숲을 헤쳐 내려갔다. 험한 바위를 타고 내려가 계곡을 건널 무렵 저 위쪽에서 웅성거리는 소리와 함께 셰퍼드가 컹컹 짖어 대는 기척이 들렸다. 하지만 더 이상 추적해 오는 낌새는 전해져 오지 않았다. 아마도 다른 방향으로 간 모양이었다.

청운은 차가운 계곡물로 세수를 하고 몇 모금 꿀꺽꿀꺽 마신 후 계곡을 지나 맞은편 산 중턱으로 기어올랐다. 이윽고 등성마루에 올라서자 저 멀리 아득히 부산 시가지가 보였다. 달려가는 차들의 소리와 함께 사람들의 말소리도 꿈결인 양 들려오는 듯싶었다. 가슴속을 아련히 적셔 주는 저것은 기적 소리인지 뱃고동 소리인지……. 이야기 듣기로는 산을 넘으면 구포역이나 사상역이 나온다고 누가 그랬었다.

청운은 심호흡을 하고는 고개를 돌려 형제복지원 쪽을 바라보았다. 그곳에서 겪은 온갖 끔찍스런 일들이 파노라마처럼 스쳐갔다.

멀리 산기슭에 황량하고 거대한 회색 콘크리트 건물들이 위압적으로 죽 늘어서 있다. 원생들이 직접 피땀 흘려 지은 건물이 그들 자신을 가두어 놓고 있었다.

수송차가 육중한 검은 철문을 밀고 들어서면 괴상스런 마찰음과 함께 즉시 닫힌다. 그 순간부터 사람의 모든 자유가 박탈 당했다. 굵은 쇠창살을 붙들고 흔들며 죄가 없으니 내보내 달라고 절규하는 사람도 있고, 산꼭대기에 우뚝 선 십자가를 향해 기도하는 사람도 있었지만, 대부분의 인간 군상은 긴장한 채 그저 수런거렸다. 큰 죄가 없으니 곧 풀려나겠지 하고 바라는 모습이랄까. 하지만 그것은 모두 착각이었다.

운동장 한가운데로 모이라는 단 한마디 명령이 우렁우렁 울려 퍼진 즉시 붉은 완장을 차고 손에 몽둥이를 든 규율대들이 나타나 복종하지 않는 '물체'들을 마구 두드려 패기 시작한다. 그곳에서는 인간이 아니라 하나의 물건 혹은 인형이었던 셈이다. '아악! 으윽!' 하는 비명 소리 속에서 대열은 칼로 자른 두부같이 반듯이 정돈되고, 한쪽에는 반주검 상태에 빠진 인형들이나 부상자들이 뻗어 있었다. 그들은 즉 형제복지원의 규율을 실제로 보여 주고 더욱 강고히 유지시켜 주는 희생양이었던 셈이다.

누군지 개트림을 하며 이동식 철제 단상 위로 올라섰다. 독사 같은 눈을 번들거리며 그는 지껄였다.

"이곳은 하나의 신세계다! 자기 하기에 따라 미국 서부 영화처럼 사나이의 멋진 생존법을 터득하여 출소 후 새로운 인생을 구가할 수도 있고 개병신 같은 존재로 빌빌거릴 수도 있다. 순간의 선택이

평생을 좌우한다! 다만 너희들은 건맨이 아니라 인생 쓰레기임을 명심하고 늘 시시각각 새사람이 되게끔 노력해야 한다. 그러기 위해서는 명령에 절대복종해야만 한다! 알겠나? 불만 있는 자는 손을 들어라!"

쥐 죽은 듯 조용하기만 하다. 아무도 어떤 말도 행동도 하지 않았다. 분위기가 너무 살벌했던 것이다.

형제복지원에서는 모든 것이 열악했지만 먹을거리는 최악이었다. 꽁보리밥에 멀건 된장국, 반쯤 썩은 배추 잎이 둥둥 뜬 짜디짠 소금국은 단골 메뉴다. 찬물에 된장을 푼 멀건 국을 배식하기도 했고, 때로는 밥 없이 생감자와 소금만, 혹은 곰팡이가 핀 식빵과 고추장만 내놓기도 했다. 그것도 양이 너무 적어 원생들은 지네와 바퀴벌레 따위를 잡아먹기도 했다. 만일 쥐를 한 마리 잡으면 고급 식당에서 특별히 포식하는 기분이었다. 아직 눈도 안 뜬 발간 생쥐 새끼를 꺼내 보양식이라며 한입에 꿀꺽 삼키는 사람도 있었다.

조장이나 소대장에게 잘못 보이면 작은 실수도 침소봉대하여 죽을 만큼 두드려 패고 꽁보리밥조차 아예 주지 않았다. 하루 종일 물 한 방울 못 마신 채 지옥 속을 허덕였다. 삶으로 통하는 길은 보이지 않고 온통 사망으로 가는 철가시 비탈길뿐이었다. 참혹한 폭행과 벌방 속에서의 굶주림과 쥐새끼 같은 죽음. 손가락과 발가락을 펜치 같은 도구로 부러뜨려 버리는 것은 약과였다. 한겨울에 물이 가득 찬 드럼통 속에 집어넣고는 꾹꾹 누르기도 했다. 일명 생쥐 죽이기였다.

강제 수용된 5~80여 세의 원생들은 신흥 사이비 군대식으로 편성되어 인간성과 자유를 박탈 당했다. 원장 아래 대대장, 중대장, 소대장, 분대장, 조장, 경비대원 등 층층시하 맨 밑바닥에서 일반 원생들은 땡전 한 푼 받지 못한 채 굶주리며 매일 15시간 이상 노동에 시달렸다.

그들은 비렁뱅이보다 못한 신세였다. 거리를 떠돌 때는 그나마 자유라도 있었건만 이제는 철창 속에 감금된 짐승 취급을 받았다. 기합 및 폭행이 수시로 벌어졌으며, 특히 속칭 인민재판 후 징벌 소대인 일명 아오지 탄광으로 끌려가면 그 도수가 살인적일 만큼 높았다. 입에 모래나 벽돌을 넣은 주머니를 문 채 등짐까지 져서 날랐다.

서녘 하늘가에 불그무레한 노을이 지고 형제복지원 뒷마당에도 땅거미가 내리면 원생들은 다음 지옥을 걱정한다. 소대 건물 안으로 들어서는 순간부터 붉은 소대장 완장을 찬 악마가 원장 노릇을 시작하기 때문이었다.

토요일에는 중대장이 소대장들을 거느리고 내무반을 시찰했다. 환경 상태, 신체 상태, 정신 상태 등을 살폈다. 먼지 하나 없이 모든 것이 딱딱 각이 잡혀 있어야 했고, 손발톱은 (손톱깎이가 모자라) 이로 물어뜯어 잘랐다. 그런데도 중대장은 손톱이 뾰족뾰족 창날 같다며 꿀밤을 먹였다. 정신 상태 개선이라며 배를 걷어차 쓰러뜨린 후 머리를 마구 짓밟기도 했다.

매일 두드려 맞고 눈앞에서 동료가 피 흘리며 시체로 변하는 장면을 목격한 원생들은 공포감에 세뇌된 채, 내일의 자유를 향해 촛불을 들기보다 오늘 하루를 살아내는 것이 더 다급한 상황이었다.

문득 청운의 머릿속에 용두산 공원에서 보았던 괴물 동물원의 비밀스런 광경이 떠올랐다. 쇠창살 속에 갇힌 난쟁이 아저씨를 비롯하여 머리가 둘 달린 뱀, 다리 셋 달린 송아지, 징그럽게 사람 말을 하며 우는 새, 히히 웃어 대는 꼽추 원숭이 등 괴이한 존재들이 살아 움직이고 있었다.

형제복지원의 철창 속에 갇힌 사람들과 공원의 괴이한 동물들이 왠지 모르게 겹치고는 했다. 다른 것보다 감금된 그들의 고난과 고통이 비슷하게 느껴져서 그런 게 아닐까? 그들을 잡아 가둔 채 괴물로 취급하며 생명을 유린한 박인근 원장 같은 자들이야말로 진짜 괴물 악인일 텐데 말이다.

청운은 멍하니 선 채 독백인 양 중얼거렸다.

"아, 왠지 마음이 허무하다. 짱구, 독구, 철수 그리고 옥이……. 살았는지 죽었는지, 어디서 어떤 꼴로 지내는지 모르겠지만……. 우리는 함께 목숨을 걸고 악을 쳐부수기로 언약하며 단풍 비밀결사대를 만들었지. 하지만 꿈도 다 이루지 못한 채 가랑잎처럼 흩어져 버렸구나! 나 혼자만 살아서 이렇게 도망가는 것 같아 미안해. 하지만 난 결코 너희들을 배신하지 않겠어. 아무리 어렵더라도, 무슨 수를 쓰든, 꼭 우리들의 비참한 이야기를 세상에 알리고 말 거야. 그러니 어디에서든 절망하지 말고 꿋꿋이 지내길……."

청운은 마음을 다잡은 후 다시 산길을 걷기 시작했다. 그제야 여기저기서 지저귀는 청아한 새들의 노래가 귀에 들려왔다. 그 새들은 형제복지원이 어떤 곳인지 알고 있을까?

산 중턱으로 내려가자 자그마한 바위 굴이 나타났다. 그곳은 촛불이 밝혀져 있었고, 평평한 너럭바위 위에 떡이며 과일들이 차려져 있었다. 아마 무당이나 여염집 아주머니들이 치성 드리는 성소聖所인 듯싶었다.

청운은 허기를 달래기 위해 몇 개 집어 먹었다. 그리고 마음속으로 감사 기도를 드렸다.

'아, 엄마도 내가 어릴 때 정한수를 떠 놓고 정성껏 기도를 드렸었는데……. 이 아들이 잘 되라고…….'

청운의 눈에 눈물 한 방울이 맺혔다. 그는 흘러내리는 눈물을 닦을 생각도 않고 일어나서 푸른 하늘을 쳐다보았다. 그러고는 기적 소리가 들려오는 방향을 향해서 발길을 옮겼다.

생존자들께 감사의 마음을 띄운다

형제복지원은 부산시 북구 주례동 산 18번지에 실제로 있었던 강제 수용소다. 1970년대부터 1987년까지 부랑인을 선도한다는 명목으로 무고한 사람들을 감금해 놓고 가혹 행위를 저질렀다. 미성년자 유인, 납치, 폭행 등 갖은 방법으로 인권을 유린했다.

그동안 선감도 강제수용소, 청소년 북파공작원, 몽키하우스 등 예사롭지 않은 소재를 소설화했지만 형제복지원에 대해서는 쉽게 엄두를 낼 수 없었다.

무슨 이유였던가? 지금도 명백히 지적하기는 어렵다. 우선 한 가지를 들어 보자면, 그 희대의 인간 지옥이 한때 언론의 조명을 받기는 했으되, 피상적인 폭로성 관심으로 끝났을 뿐 악의 근원에 대한 탐색이

미진했기 때문이 아닐까?

혹은 형제복지원이 부산 시내에 똬리를 틀고 있었기 때문인지도 모른다. 대한민국 제2의 대도시 속에 그런 악마 제국이 존재할 리 없다는 선입견 탓에, 당시 길 가던 시민들마저 그 건물을 무슨 유익한 사회 복지 시설로 지레짐작하고 말았는지 모르겠다.

요즘 형제복지원 피해자들은 스스로 나서서 악랄한 진상을 알리고 있지만, 그들의 목표인 사실 조사와 잃어버린 인생에 대한 보상은 오리무중이기에 국회의사당 앞에서 단식 중이다.

오래 전 취재 차 부산 주례동까지 가 보았으나 그 당시의 지옥 현장은 사라지고 고급 아파트 단지가 들어서 있어 막막했다.

'형제복지원은 없다!'

그런 생각을 하며 이리저리 떠돌았다.

한겨울 폭설 속에 비닐 천막 하나 쳐 놓고 단식하는 피해 생존자들을 직접 만나 보지 않았다면 그냥 지나쳐 버렸으리라. 하루빨리 진상 조사와 보상이 이루어져 그들이 인간답게 살게 되길 바란다. 그리고 백척간두 같은 상황에서도 직접 체험한 이야기들을 들려 준 여러 피해 생존자들께 감사의 마음을 담은 엽서를 띄운다.

김영권

수상한 형제복지원과 비밀결사대